U0036324

魔豆

魔豆

神使繪卷

目錄

楔子 07
第一章 19
第二章 41
第三章 63
第四章 87

第五章 115
第六章 141
第七章 165
第八章 181
第九章 207
第十章 227
神使後記／醉琉璃 247

神使繪卷

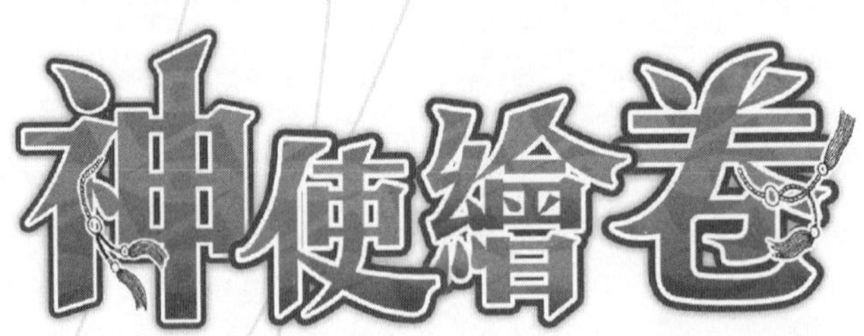

【人物介紹】

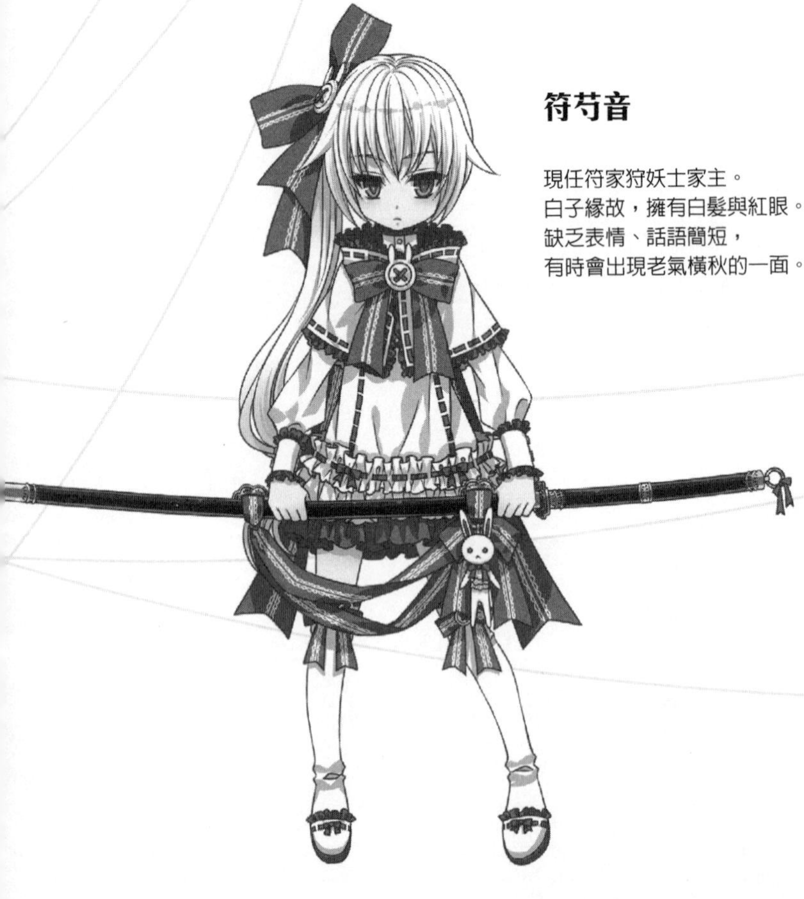

符芍音

現任符家狩妖士家主。
白子緣故，擁有白髮與紅眼。
缺乏表情、話語簡短，
有時會出現老氣橫秋的一面。

曲九江

繁星大學中文系一年級。
是半妖，也是神使。
是對周遭漠不關心的型男。
出乎意料熱愛某種飲料！

宮一刻/小白

繁星大學中文系一年級。
眼神凶惡、個性火爆，
但喜歡可愛的事物。
是為神使，也具半神身分。

黑令

黑家狩妖士家的少主。
身高超過190，靈力極高。
幾乎對任何事不感興趣，
沒幹勁，不在意自身安危。

柯維安

繁星大學中文系一年級。
腦筋靈活，卻缺乏體力。
文昌帝君的神使，是個
最愛蘿莉的娃娃臉男孩。

珊琳

擁有操縱植物能力的女娃。
真實身分是山精，
亦為楊家的下一任山神。

楊百罌

繁星大學中文系一年級。
班上班代，個性高傲、
自尊心強，責任心也重。
現為楊家狩妖士當家家主。

蔚可可

西華大學外文系一年級。
個性天兵，常讓兄長與一刻
頭痛；但開朗易結交朋友。
淨湖神使。

蔚商白

西華大學法律系二年級。
個性嚴謹、認真，高中時曾
任糾察隊大隊長。
淨湖神使。

安萬里

繁星大學文學研究同好會社長，也為神使公會副會長。
文質彬彬，但其實……
妖怪「守鑰」一族。

范相思

神使公會執行部部長。
看起來約莫高中生年紀。
個性狡猾，愛錢無人比！

胡十炎

神使公會會長，六尾妖狐。
擁有天真無邪的面孔，惡魔般的毒舌。魔法少女夢夢露的狂熱粉絲！

秋冬語

繁星大學中文系一年級。
系上公認的病美人，面無表情、鮮少說話。
種族不明，神使公會一員。

張亞紫

繁星大學文學同好會顧問，真實身分為文昌帝君，同時也是柯維安的師父。
神使公會中唯一的「神」。

楔子

秋老虎到來，天氣正悶著，尤以午後時分爲最。

空氣充斥著濕熱和黏膩，只要在太陽下站個十來分鐘，估計就會換來汗流浹背的下場。

一般來說，這種時候的住宅區路上，通常鮮有人跡。大多居民不是上班、上課去，就是窩在家裡圖個涼快。

但此刻，潭雅市市郊的一處社區路口處卻是聚著不少人。大多是女性，年紀有老有少，不過仍以中年婦女居多。

從她們置於腳邊的大包小包垃圾來看，一眼就能猜出她們正等候著垃圾車的到來。

垃圾車的專屬音樂尚在遙遠的某個巷弄響著，可能十幾分鐘後才會到達，也可能要再更久一些。而這個等待的空檔，婆婆媽媽們向來都是閒聊著街頭巷尾的八卦度過。

如果眞的找不到什麼新鮮事好聊，話題自然就會照慣例地轉向區裡存在已久的兩件怪異事。

一個是沿著上坡路段前行至盡頭，稍微轉了個彎，就能見到的遼闊廢棄庭園。

園子採西式花園設計，不知道是什麼原因遭到廢棄。隱約可以見到白色樓房的一角，但上頭纏繞了大量蜿蜒藤蔓，裡頭早就無人居住。

彷彿要替代園裡的毫無人氣，四周植物簡直就像瘋了般地盛綻出花朵。大片大片的紅、白、紫、粉……宛如要徹底霸佔這座荒廢庭園，只要從外邊走過，都能見到它們張揚茂盛的姿態。

由於一年四季都有不同花朵綻放，久而久之，這裡的人們甚至爲那庭園取了「繁花地」的名字。

雖然爬滿鐵鏽的黑色大門外懸吊著一面「私人土地，請勿進入」的牌子，但誰也不曉得那座庭園的擁有者是誰。

即使問了在這居住最久的住戶，對方也說他們搬來時，繁花地早就在了，而且已經呈現荒廢狀態。

那麼大的一座廢棄庭園和樓房，過去不是沒有流浪漢試圖闖入，將那當作自己住所。只是往往隔天就面色慘白，灰溜溜地跑了，沒有一次例外。

漸漸地，繁花地無人再敢冒險進入。在生長得宛如一座小型森林的植物包圍下，它看起來竟有種說不出的陰森……

「我們大家都在猜，說不定裡面鬧鬼呢。」家離繁花地有段距離的婦人興沖沖向身旁年輕女性說。後者是搬來不久的新住戶，正聽得一愣一愣的，不時還回頭往坡道盡頭望去。

雖說從這角度看不見繁花地，但或許是鄰居說得太活靈活現，大熱天的，她卻不禁打了個哆嗦，覺得似乎感到一股涼意襲來。

其他幾人也熱切地加入討論。

「我說鐵定是路沖，帶煞！我都吩咐我家小孩別到那附近玩呢！」

「我也是。哎喲，不曉得是不是我太敏感……要是太靠近那邊，總覺得頭就痛起來，晚上也沒辦法好好睡。」

「好巧，我也是耶。這大概就是電視上常說的什麼……對啦，靈異體質！我也警告過我孩子……妳們不知道，聽我兒子講，他們學校不知道哪班的學生，還想著進去裡面玩試膽遊戲。」

「夭壽喔！要是被我知道是哪班的，一定立刻找上他們老師抗議，萬一也帶壞我家小孩怎麼辦？」

一群主婦們七嘴八舌地交換意見，反倒忘了一旁那名年輕小姐。

「那、那個，不好意思……」才剛搬來社區的女性猶豫地打岔，「林太太剛說有兩件事，一個指的是繁花地，那另一個是指……」

「喏，還不就是那個。」林太太呶呶嘴，示意對方還是往上坡路段看，「就是盡頭那棟有錢人別墅。」

林太太這話倒也沒誇大。

和這區裡幾乎大同小異外觀的透天厝相比，離繁花地最近，或許也可以說是它唯一鄰居的那幢建築物，佔地面積格外地大。歐式風格的別墅壯麗又極具氣勢，屋外還附有一座修剪美觀的華麗花園，混在這社區中，簡直像是鶴立雞群般的突兀存在。

「黃小姐，妳搬來才沒幾天，大概不知道那豪宅啊……其實平常是沒人住的。」

「咦？可是我看它被維護得很好啊，如果沒人住……」

「厚，妳不知道啦！」另一位婦人也心急地發表意見，「那是有人固定會到屋子裡去，有時是一票人，但也沒跟我們打過什麼招呼。嘖，眞是太不懂禮數，好歹我們可是隔了三條街的鄰居。」

「就是、就是。我們家在那別墅的隔壁巷子，屋子裡的人看到我也都不打招呼的啦。反正那邊最常出入的是一個女人，打扮得漂漂亮亮，卻說自己只是來幫傭打掃的。」

「這樣聽起來，好像……有點可疑耶……」

「妳也覺得可疑對不對？我們大家啊，可是看了好多年。」

「所以我說嘛，鐵定是那個！那個姓柳的女人，鐵定是……」說話的婦人壓低聲音。

就算除了黃小姐，其他人都知道她要說的是什麼，眾人仍樂此不疲地湊近耳朵。

就在成為注目焦點的婦人準備胸有成竹地說出「小三」一詞時，一道清亮的鈴聲驀地響起。

叮鈴鈴！

那是腳踏車的警示鈴。

所有人頓時被嚇了一大跳，馬上抬起頭。當她們看見一名打扮時髦、年約三十來歲的女子坐在腳踏車上，笑盈盈地朝她們說了聲「午安」後，眾人表情瞬間像調色盤似地變了幾個顏色。

有人迅速裝作什麼事也沒發生般走開，有人僵硬地露出笑臉，也有人尷尬地打了招呼。

「午……午安啊，柳小姐。今天又騎腳踏車過來喔？今天天氣那麼熱說……」

「是呀，當運動嘛。」明顯就是話題主角的長髮女子笑容滿面地說道，彷彿全然沒有發現到自己正被街坊鄰居八卦議論著。

就算再怎麼愛說人長短，這群主婦也不好意思當著正主面前說下去。正巧垃圾車從下坡開上來了，眾人立刻如同獲救般，紛紛提起自家垃圾，呼啦啦地往垃圾車一擁而上。

柳妍繼續慢悠悠地騎著腳踏車一路往上，最末居民口中所謂的「豪宅」前停下。

一直到進入玄關大門、將門關上，柳妍臉上端著的笑容才垮了下來。

她怎麼可能沒聽見那群三姑六婆議論自己的是非？不用想也知道她們把自己當成什麼了。

「那群歐巴桑，誰是小三啊！明明就解釋過我只是來這幫忙打掃的，都說過幾百次了，居然還是不信我？眞是太過分了！」柳妍氣沖沖地嚷，同時也沒閒著不動。在抱怨當下，她已紮好頭髮、綁上頭巾、繫上圍裙，完成了大掃除的標準打扮。

接著柳妍先打開所有對外窗戶，好讓悶了一禮拜之久的屋內空氣順暢流通。確認每扇窗都打開了，她挽起袖子，決定把一樓設爲優先目標。當然她也沒忘記別上藍芽，好一邊打掃一邊和自己的孩子抱怨。

她都是兩個孩子的媽了，爲什麼還要莫名其妙地被人誤認爲小三？

「你們不覺得這太可惡了嗎！」柳妍拉高聲音喊著，只換來另一端自家小孩的嘲笑和吐槽。

「哈哈哈，誰教老媽妳硬要裝年輕，還總是一副要約會似的模樣，穿得漂漂亮亮的，怪不得那些歐巴桑都把妳當金屋藏嬌的那個嬌！」

「吼！秀秀你們不懂啦！不在人前穿漂亮，那要在什麼時候穿漂亮？而且有沒有打招呼關她們什麼事？自己都說是住在三條街還五條街之外了，誰會認得她們是誰啊？」

「不要叫我秀秀！眞是的，妳也別管那些無聊話啦。反正有的人就像住海邊一樣，管超大。那邊的人一定沒想到，老媽妳也就只是個比她們年輕幾歲的歐巴桑。」

「薄忍秀！」

「不聊了！我先去訓練了！要是再摸魚，其他師兄、師姊一定會唸我的。而且我自己也想趕緊提升力量，家族裡有個怪物般的存在，真是讓人壓力很大……」

「秀秀，不准對少爺那麼沒禮貌！」

「不是啊，老媽，我那是誇讚耶！黑令少爺的力量真不是蓋的，在我們這一輩的看來，就像是怪物級般那麼厲害。我們也想跟上他……呃，雖然他的個性，嗯……」

柳妍登時也找不到話來反駁了。

自家孩子口中的「黑令少爺」，論力量和天賦，目前在整個家族裡無人能夠匹敵。但一論及性格……不忍說的部分也是無人匹敵。

「不、不過，家主前陣子才在那感動地哭著說少爺終於交到朋友了！」柳妍絞盡腦汁，總算想到一件值得一提的事。

「那肯定不是族裡的人。」耳機另一端的聲音篤定地說，「而且老媽，妳這樣說出來，不就更證實了少爺人緣很差，朋友只有一個的事實？」

「啊，好像也是呢……」

「算了，就先這樣，我去忙訓練啦。要是有空就過來幫妳，明後天學校也放假，雖然我還在猶豫要不要去參加社團啦。」

「想去的話就儘管去，別勉強自己，你們幾個都是啊。」柳妍叮囑了一聲，這才結束通訊，將全副心力放至打掃上。

這幢大宅其實屬黑家所有。

在一般世人眼中，「黑」只是個不那麼隨處可見、但也構不上稀罕的姓氏。

然而如果換作專門狩獵妖怪的人士，也就是所謂的狩妖士來看，那麼意義立刻大大不同了。

因爲黑家，就是狩妖士三大家之一。

和作風霸道的符家，以及近年來聲勢有沒落跡象的楊家相比，黑家行事中規中矩，和自身無關的事務不會多蹚渾水。不過若眞遇上需要出力的時候，也不會吝惜相助。

這樣的作風，反倒使得黑家和大部分狩妖士家族都能交好。

除此之外，黑家還有一號人物相當出名，那就是現任家主黑石平的獨生子，柳妍和薄忍秀口中的「黑令少爺」。

原本黑令是多數狩妖士眼中不成材的廢物，有關他靈力衰弱的傳聞更是傳得沸沸揚揚。加上他的性格古怪無禮，對任何人都愛理不理，頓時負面評價就更多了。

可是就在一個多月前，黑令參與任務時展現出驚人的力量，所有人才知道，原來他只是隱藏了實力。

這下子，再沒有人敢拿他的靈力做文章。只不過關於他個性的負評，至今從未消失。

這一點，不管是哪個黑家人都無話可說。

事實就是如此，黑令的個性要黑家人用委婉的方式來表示，就是不怎麼平易近人；直白的說法則是，很差。

「是說，少爺也是有些優點的……嗯，有些。」柳妍說得自己都忍不住想嘆氣。

她和黑家家主的妻子是手帕交，她的丈夫是家族裡的幹部，幾個孩子是入門弟子。她自身倒沒什麼靈力，對妖怪方面的事也沒太多接觸。

爲了排遣無聊，才向手帕交要求，讓她來黑家這幢別墅定期掃除——她對家務事向來極度熱衷。

會被這地區的人們誤認爲小三，這可就在柳妍的意料之外了。

爲免吸入太多灰塵，柳妍戴上了口罩。沒想到就在這當下，她擱在客廳裡的另一支手機突然鈴聲大響，那是她工作用的手機。

柳妍趕緊從廚房跑了出來，拉下口罩，接起手機。

打電話過來的不是別人，就是黑家的家主，黑石平。

「家主，我是柳妍……對，我現在在繁花地這邊的別墅打掃。」柳妍認眞聽著手機另端的交代，接著她眼睛越睜越大，臉上的表情也轉爲震驚，再進一步成了驚喜。

「眞的嗎？少爺要邀朋友過來這裡玩!?這……這眞是天大的好消息啊，家主！原來少爺眞的交到朋友……沒問題，這幾天我會留在這負責接待他們的，秀秀也說有空會來幫我，我們忙得過來的。」

「……嗯嗯，好，我明白了，一切包在我身上吧！」

柳妍體貼地裝作沒聽見黑石平聲音裡的一股哽咽，想必他們家主此時感動得熱淚盈眶。不得不說，柳妍的心裡也有幾分感動。

身爲黑家一分子，以後誰要是敢說他們少爺沒朋友，她就可以抬頭挺胸地大聲反擊回去了。

「糟了！」這時柳妍猛然想起一件事，這屋子的冰箱可是空蕩蕩的，「得先去買菜回來才行，然後還要把客房整理好，還有客人用的盥洗用具……天啊，好多事要做！」

柳妍像是陀螺般在原地轉了幾個圈，隨即下定決心，果斷地摘下爲了掃除換上的行頭，抄起鑰匙、錢包，就要先去離這最近的賣場好好採購一番。

只不過就在她欲出門之際，響亮的門鈴聲冷不防響徹屋內。

柳妍愣了下，想不出這時間點會有誰上門。

附近那些太太們？不不不，不可能，人家背地裡都把她當作婚姻破壞者看待……既然如此，會是什麼人？

抱持著強烈的疑惑，柳妍打開玄關大門，第一眼見到的就是張年輕但陌生的笑臉。

「妳好呀。」那人率先開口，雙眸無邪地瞇起，微鬈的髮絲和臉上的淡淡雀斑，都替那張青稚的臉孔增添了孩子氣。

那是柳妍開門後聽見的第一句，也是最後一句話。

第一章

外貌猙獰嚇人的黑色野獸在咆哮。

它有四蹄，可是又拖著一條沉重的魚尾，尖刺散布在它頭顱周遭，一雙猩紅似血的眼睛就像噴出的滔天怒焰。

人立起來超過一般人類的黑獸又憤怒地咆吼一聲，它的外表絕非世上野獸會擁有的，更遑論它還能口吐人語。

「該死的、可恨的……神使！我會吃了你們吃了你們吃了你們！把你們的眼珠挖出，四肢扯下，內臟扯爛，然後一點也不剩地通通吃下肚！就像我等吃下了全部欲望般——全部吃下肚啊！」

黑色的野獸，或者說是黑色的怪物，在月夜下驟然凌空躍起，嘴中的黑色舌頭竟如長鞭般延伸甩出，鎖定的目標就是離它最近、看起來也最弱小的娃娃臉男孩。

雖說夜晚時分，小公園裡本就少有人煙，可怪物的音量足以引起附近的民眾好奇前來探個究竟。等到一般人目睹了它恐怖的姿態，瞬間就會造成偌大騷動和恐慌。

但是，別說那驚人的嘶吼沒有引來任何人，甚至就連經過公園外的人車，都像是不曾發覺公園裡的異狀。

彷彿他們沒有看見那隻超乎常理的漆黑怪物，還有三名手持醒目武器的大男孩。

沒錯，平常人是絕對沒辦法看見的，因爲在這座小公園周邊，圍起了一圈肉眼看不見的神使結界。

凡是在結界裡發生的戰鬥、破壞，都不會反映到現實上。

結界外，和事件無關的無辜民眾也不會受到波及。

在他們眼中看來，那就只是一座引不起他們丁點興趣接近的小公園。

而現在，公園裡攻擊三名年輕人的怪物，正確的名稱是瘴或瘴異。

它們是擁有血紅雙眼，專門吞噬人心欲望的，妖怪！

面對朝自己逼來的粗長舌頭，頂著一頭鬈翹髮絲的娃娃臉男孩卻沒露出一絲懼色。相反地，他還揚起一張大大的笑臉，眼眸內閃動著「終於等到了」的光芒。

下一秒，抓握在他手中的巨大毛筆靈活飛舞。飽含金艷墨水的筆尖瞬間往那條長舌上畫出一氣呵成的筆劃。

彷彿遭到高溫灼燙，漆黑舌頭表面隨即冒出滋滋聲響和白煙，舌頭的主人更是發出痛苦的嚎叫。

空中的巨大身軀像是耐不住劇烈疼痛，驟然從高處摔落下來。

逐漸放大的陰影籠罩在表情從得意轉爲驚悚的娃娃臉男孩身上。

「什——等等等等！這發展不對吧！」男孩瞪大了眼，發出趨近尖叫的吶喊，素來靈活的頭腦這時像罷工般，連帶地雙腿也忘記拔起奔跑。

眼見砸下的龐然大物就要把那抹依大學生年紀來看，體型過分瘦小的人影壓在底下，千鈞一髮之際，另一道影子疾如風地撲了過去，蓄滿勁道的手臂勾上對方身子，及時將人帶離了危險區域。

「砰」的一聲，黑獸重重摔砸在地，壓得四周花圃和長椅崩垮，大地也跟著晃震了下。但它似乎未感覺到身軀撞地的疼痛，更可能是從舌頭蔓延開的劇痛已經傳達至全身，佔據它所有感知。

「啊啊啊啊啊——」不成調的嘶吼從在地面打滾的漆黑身子傳來，迴盪在夜色裡。瘴看起來想要縮回舌頭，可仍在滋滋作響的舌令它心生畏懼，粗長的舌頭只能大半垂掛在嘴外，看起來竟有絲淒慘。

與此同時，將同伴從壓扁命運下救出的白髮男孩，則是在站穩後，便將挾抱著的「重物」往地上一扔。也不管對方可憐兮兮地哀叫出聲，他本就凶惡的眼角一吊，火氣登登登地往上竄，橫眉豎眼地對著跌坐在地的人大罵。

「幹𪜶老師咧！你是想什麼想到連逃跑都忘了？柯維安，你是想被瘴壓成肉醬嗎？啊？」

「聽起來就難吃得要命。」有人漫不經心地從旁捎來這句話。

明明是低沉悅耳的嗓音，但強烈到像要滿溢出來的嘲弄，往往蓋過了聲音本身的美好。

綁著馬尾的鬈髮青年看也不看地擲出一把長刀，烙著白色花紋的鋒利刀身當場扎穿瘴本想往白髮男孩掃去的笨重魚尾。

無視瘴又傳來一聲慘叫，曲九江想了想，慢條斯理地再補上一句評論：「還令人倒胃口。」

「可惡，你這前室友甲閉嘴啦！」柯維安怒氣沖沖地朝既是半妖也是神使的曲九江比出一記中指，然後在對方眼珠染銀，陰冷地射來目光之前，表情快速一變，淚汪汪地向白髮男孩哭訴。

「小白啊、甜心啊、哈尼啊……人家只是一時反應不過來……嚶嚶嚶，我好怕喔，而且你看曲九江還欺負我這柔弱天眞無邪的美少年……」

「我操，給我向那三個形容詞說對不起！」一刻黑了臉，但眼中的怒氣有減退跡象。

他也不是不明白人在危急時刻，有時候反倒會動彈不得，只是方才那一幕讓他心臟差點停了一拍，才會導致怒氣和擔心混在一起，一併爆發。

用眼刀警告自己的神使別再說什麼諷刺人的話，一刻吐出一口氣，向柯維安伸出手，讓他借力站起。

柯維安眼珠轉了轉，思索著自己要不要趁機撲上去，就能獲得他家甜心的一個擁抱——只不過立刻被揍飛的機率超過百分之七十，旁邊的顧人怨室友也可能來個落井下石，還是先不要好了。

轉瞬間分析完利弊，柯維安選擇乖巧地藉由一刻的拉握站起身子，還不忘朝一刻眨巴著眼，表示「我很乖，什麼都沒亂做」。

一刻只當對方的眼睛抽筋。

「你要不要明天去看個眼科？」一刻皺眉建議，「我常看的那個醫生早上剛好有門診。」

「……咦？」

「柯維安，我看你眼睛老抽筋。」

「抽……什麼？小白，你怎麼會往那邊想？人家明明是向你訴說著愛意啊！」柯維安大驚失色地嚷，「我們的默契呢？愛呢？」

「死了，沒愛過。」一刻冷酷地回答，覺得給出認真意見的自己真是笨蛋。

柯維安像受到莫大打擊，其中一縷平時格外挺立的髮絲，頓時像霜打過的小草，垂頭喪氣地蔫了。

曲九江充分掌握時機地冷笑一聲。

柯維安惱怒瞪視，但在瞥見對方收了長刀，頭髮染紅，手臂上也燃起緋紅焰火後，登時很沒骨氣地退縮了。他可不想被人當作ＢＢＱ烤。

而當曲九江的火焰一釋放出來，被釘住尾巴的瘴震驚地瞪住他。

那是它不會錯認的氣息，甚至無比熟悉……那是妖氣！為什麼神使會有妖氣!?

不對，為什麼妖怪有辦法成為神使！

「這不可能……這太荒謬！」一時像忘了身上傳來的疼痛，瘴不敢置信地大吼，「你是妖怪，你分明該是我同胞！為何會幫卑賤的神使對付我等！」

「嘿，你這是職業歧視！」柯維安義正辭嚴地提著毛筆上前，「神使這行哪裡卑賤了？我都沒說當瘴是沒前途的。」

「靠，你又在鬼扯什麼？」一刻沒好氣地拍了柯維安後腦一記，阻斷他醞釀好的長篇大論，隨即冷厲的眼神射向瘴，「妖怪當神使干你屁事！我就問你一句話，你知道『唯一』嗎？」

瘴神情遽然變了，那張肖似野獸的臉上流露出狂熱的神采。

「我等豈可能不知道『唯一』……這世上所有的渴望、願望、希望，所有的欲望都將被我等吞噬，而我等也將會奉獻這些力量給『唯一』……」

瘴的喉頭翻滾出犬吠似的粗嘎笑聲。

「『唯一』終將甦醒，她將會甦醒——然後賜給我等新的進化！」

瘴的笑聲拔成了高亢的咆吼。

「我等將成爲你們這些下等存在口中的『瘴異』啊！」

震天吼叫聲中，瘴瞪大了猩紅色的眼，霍然奮力朝離它最近的柯維安和一刻撲咬上去。被長刀釘在地面的魚尾，頓因拉扯，硬生生地被撕了下來。

宛如感受不到斷尾的痛苦，瘴如巨獸的身軀剎那間崩散爲一面漆黑大網，猝不及防就要將兩名神使一舉吞覆進去。

可下一瞬間，瘴的身形就像撞上了一堵看不見的透明之牆。它像灘濺開的暗黑液體，貼附在無形障壁上，心裡是滿滿的驚異與混亂。

怎麼回事？發生了什麼事？它不是應該能成功地吞掉那兩名可恨的神使嗎？究竟什麼地方出了差錯！瘴在內心大吼，試圖弄明白眼前境況。

「嘖嘖嘖，我們可沒眞的傻得忘記你只是尾巴被釘，行動能力還是有的。」柯維安對著和己方只差一步之遙的瘴搖搖食指，眉眼笑得彎彎的，看似天眞實則狡猾無比。

柯維安毛筆拄地，笑嘻嘻地說，「看地上啊，黑色史萊姆。」

無法理解娃娃臉男孩說的「史萊姆」又是什麼東西，瘴的身上冒出兩隻血紅眼睛，視線依言轉向下方，映入眼內的金耀字跡令它呆然。

那是個凌亂、但仍看得出是「攔」的金字。

瘴的驚疑更甚。那個矮子是什麼時候……

「當然是你不知不覺的時候囉。」似乎看穿瘴的疑問，柯維安好心地解釋，「對了，有時候只顧低頭而不抬頭看，容易出事喔。」

瘴大驚，反射性望向上方。

深黝如潑墨的夜色中，有束烈焰如同最醒目的緋紅箭矢，正高速往下疾衝。

瘴不禁駭然，想也不想地便要抽身逃逸此地。

一見那灘黑色物質剝離無形障壁，柯維安立即解除結界。

同時，一刻掌中光點凝聚，長似利劍的白針飛也似地脫手射出。

瘴還來不及理解將發生什麼事，一股椎心之痛就已遍布全身。

急墜而來的火焰加劇了這份痛苦。

隨著那雙猩紅眼瞳光芒漸暗，火焰率先消隱，接著有道修長人影踱步走近。紅蓮似的焰火已從曲九江臂上消失，取而代之的是他的下頷及頰邊烙上潔白花紋，一把長刀重新握於他的指間。

「別把我和你混為一談。同胞？聽了真是讓人想吐。」眼裡滑過殘忍，曲九江乾淨俐落地將刀尖捅入瘴的雙眼之間。

最後一點紅光徹底暗滅。

屬於神使的力量也頓成光點，回歸各自主人體內。

隨後，癱倒在公園地上的漆黑物體出現了變化。黑色像是碎片般剝落下來，逐漸還原成一名猶穿著高中制服的少女。

「唔啊，女孩子的話就比較麻煩了……」柯維安收起毛筆，傷腦筋地摸著下巴，「不能隨便把人給丟在這裡了。」

「意思是換成男的，你就打算扔著不管了？」一刻瞥了一眼。

「男女待遇有差嘛，甜心。」柯維安據理力爭地說著，「白天就算了，現在是晚上，就怕出了什麼危險。甜心，你應該也是女士優先的那種類型吧？」

「有嗎？打架的時候誰管敵人是男是女、優不優先？一拳過去就是了。」一刻聳聳肩，不認為自己是柯維安口中的體貼人種。

不過他這話，卻惹來柯維安和曲九江的側目。

柯維安簡直想大聲嘆氣。他家小白對女孩子根本是超體貼的，就只有他自己不自覺，否則他們高嶺之花的班代又怎麼會對他死心塌地？

就連曲九江也匪夷所思地上下打量一刻，末了扔出一句，「我的神是笨蛋嗎？智商還是多提高一點比較好吧？」

「幹！聽你靠杯！」一刻額角浮冒青筋，不客氣地反擊回去，「一下語通差點不及格的傢伙好意思說我嗎?」

曲九江瞬時繃住了臉部線條,那張俊美的臉孔就像是負氣般板著,顯然一刻的確精準地戳中他的痛處。

對於險些有堂課要重修之事,心性高傲的半妖青年將它視作人生污點。

柯維安向來樂意看見曲九江吃癟,他在旁竊笑著,待曲九江森寒的目光瞥來,又裝作若無其事地看天、看地、看風景。

「總之,先解除結界,把這女的扛到派出所去吧。」一刻作結地說,「剛好離這不遠就有一間。」

語畢,一刻心念一動,圈圍在這塊地區四周的神使結界瞬間消失。

一刻沒打算要另外兩人幫忙。先不論柯維安那比地上少女還要矮一些的個子,曲九江肯定會流露出傲慢嫌惡的表情,拒絕碰觸對方。

可沒想到就在一刻伸出手前,自上方冷不防落下一道話聲。

「各位神使大人嘎,就交給小的來處理吧嘎!」

一刻等人一愣,反射性循聲抬起頭,神紋也各自飛快閃現,武器重新成形。

神使的眼力在夜晚也是極好,但在夜空下,卻不見任何可疑人物。他們只看到一張長椅旁的路燈燈罩上,不知何時棲停著一隻烏鴉。

等等，烏鴉？

一刻和柯維安下意識對望一眼，不約而同地聯想到之前范相思身邊的碩大黑鳥。體型比尋常烏鴉來得大，喋喋不休得令人頭大的八金。

「是你在說話？」曲九江冷淡地問，神紋隱沒，皮膚卻泛上紅光，一簇灼灼緋焰眨眼躍燃在他的掌心，「一句話說清你的身分來意，否則燒了你，醜鳥。」

「燒你老木。」一刻沒好氣地一肘撞向自己神使，「把你的火熄掉。你是不管怎樣一定要吸引仇恨值才爽快嗎？你這毛病他媽的什麼時候才能改過？我再說一次，熄、掉。」

「……呿。」曲九江別過臉。

「甜心，你奢望他，不如先等班代對你告……咳咳咳！沒事，我語誤。」思及自己要是沒經楊百罌同意，直接將對方的愛慕告知一刻，自己的下場可能會不太妙，柯維安及時收住句尾，向一刻露出無辜的笑臉，再向似乎被曲九江的妖氣震懾得瑟瑟發抖的烏鴉招下手。

「哈囉，你是八金的同伴嗎？還是說你認識范相思？」

「嘎嘎！小的和八金是眷族，更是相思大人手下的第八十九號！請叫小的八九即可！」自報姓名的八九拍拍翅膀，迅速飛了下來，停在長椅上，讓柯維安等人能更近距離地看清自己。

「八十九號？」一刻忍不住對那數字咂舌，「范相思到底是收了多少手下啊……」

「別問我，甜心，也別問范相思，她會跟你收錢的。」柯維安嚴肅地說。

「咳嗯，嘎！」八九完美地發出了清喉嚨般的聲音。牠挺直了身軀，腦袋昂高，試圖讓自己看起來像隻菁英烏鴉，「小的和部分同伴是潭雅居民。相思大人有交代，隨時要能幫上神使大人們的忙，那名雌性人類請交給我們吧。特務鴉團隊，使命必達！」

像是要證明自己所言不假，八九忽地啼叫一聲，聲音未歇，夜幕裡倏然急速逼近了一小片黑雲。

不對，那不是黑雲，赫然是一群外表和八九幾乎分不出差異的漆黑烏鴉。

「大人們，牠們是七十號到八十八號，我們這就去執行任務了嘎！」八九精神抖擻地一拍翅，飛快加入同伴的行列。

在一刻等人的注視下，眾烏鴉乘載著失去意識的少女，訓練有素地飛離了小公園，留下原地看得有些目瞪口呆的一刻和柯維安，以及感到無聊、忍不住打起呵欠的曲九江。

半晌，柯維安率先找回聲音，「呃……既然那些烏鴉沒說這是付費服務，估計回去後也不用擔心范相思進行勒索了，吧？」

「老子都沒跟她收房租了，還勒索個毛？」一刻翻翻白眼。但能有烏鴉幫忙，解決他們的煩惱自是最好。他拉回心思，把話題轉回正事上，「剛才那個瘴，它也知道『唯一』的存在。」

「看樣子，以後沒辦法再靠是否聽過『唯一』來判斷是瘴還是瘴異了。」柯維安露出若有所思的表情，「小白，那個瘴也提到進化、『唯一』甦醒什麼的……加上之前和符廊香合作的瘴，就是入侵引路人的那隻。也許潭雅市的瘴大多知道『唯一』，並致力讓她再次甦醒？」

一刻沉默，他無法肯定地回應這項猜測。

即使是柯維安，也只是粗略地做出個猜想。

就在不久前，潭雅市出現了一名少年模樣的引路人。他抓走不少人形妖怪，將他們困入自己創造的異空間裡，就連一刻他們也曾被捲進那裡，遭到敵方耍弄。

可是到最後，一刻他們才赫然發現，引路人竟是當初情絲和符廊香前往符家、引起乏月祭事件前做出的人偶。

情絲雖滅，符廊香卻未眞正死去。

那名失去身軀、和瘴異融合的鬼偶少女，原來狡猾地保留了本體，只分部分力量出去，製造出她已消逝在鳴火火焰中的假象。

事實上，符廊香之後潛藏至潭雅市，操控引路人，抓走妖怪，抽取他們的妖力，只爲了將這些力量奉獻給「唯一」。

「唯一」的其中一個封印就在一刻的家鄉，就在潭雅市裡！

縱使引路人最終遭到消滅，然而符廊香再次逃逸成功，如今不知隱匿何處。

其中最讓人震驚的，莫過於符廊香身上居然有情絲一族的力量。依她的說法，她是回頭吃了符邵音，也就是傾絲的骨灰。

可是，這極可能也是個謊言。

神使公會不止一次打電話詢問，從符家那得到的答覆清一色都一樣——符家前任家主的骨灰安置在一個非常安全的地方，確定沒出任何差錯。

傾絲的骨灰未被奪去，符廊香身上有情絲一族的力量亦不假……事情至此，就像陷入了一個死胡同。

「是說，我要對符家人的修養刮目相看了……」柯維安手指抵住下巴，「被人問那種問題……唔啊，換成我估計都會發飆了。」

「所以公會的人上次被罵了髒話、掛了電話。」一刻說，「范相思早上講的，你沒聽到嗎？」

「沒沒沒，大概我正陷入高深的冥思中吧？」

「靠，那看起來更像打瞌睡吧？說那麼好聽，下次應該讓你一臉栽進盤子裡的，幹嘛好心叫你？」一刻給了鄙夷的一眼。

「我可以勉爲其難地出借一隻手。」曲九江忽地插入對話，語氣還是薄涼薄涼的。

乍聽之下是個沒頭沒尾的句子，可是彼此好歹當過一整年室友，一刻和柯維安立時意會過來，對方指的是願意出借一掌之力，將某人的腦袋往盤子裡壓。

一刻挑了挑眉，沒同意也沒反對。反正曲九江要是眞的實行，他還是會阻止的，萬一砸傻了柯維安和砸壞了他家盤子那還得了？那可是他特意集點換來的兔子盤子耶！

柯維安則是白了臉，忙不迭地和曲九江拉開距離，無論如何都不想近對方三尺之內。

「行了，別嚇柯維安。」一刻最後還是出聲警告曲九江，示意他別亂來，話鋒再轉回原來的討論上，「柯維安，那符芍音有聯絡過你嗎？」

「小芍音嗎？」一提及自己名義上的妹妹，柯維安的精神全上來了，他眉開眼笑地說，「有啊、有啊，當然有。我們兩人的感情絕對可用日進千里來形容呢，甜心。不過我絕對不會冷落你的，信我。」

「信你妹，說正經的。」

「我一直很正經……呃，我是說小芍音有問起公會爲什麼一直打電話到他們家。嗯，我是沒將符廊香還活著的事告訴她，想說別太影響到小孩子的心情。」

一刻點點頭，認同柯維安的決定。

就算符芍音的心性看起來相當成熟，可實際上她也只是一名八、九歲的小學生。尤其前陣子還經歷了祖母過世、父親又出國（其實符登陽早就死了）的事，一刻能明白柯維安想要保護那名白髮小女孩的心意。

「不說也好，『唯一』的事就別把她和他們家族扯進來了。」一刻皺著眉頭，「封印都在潭雅市了，就由我們負責找出來。」

「嗯嗯嗯，我也是和小白有相同的看法呢。」柯維安只差沒高舉雙手，表達自己的肯定之意，「只是要怎麼找出來，還眞是一件超乎預期的大工程啊……」

一說起這事，一刻也不禁眉頭愈發深鎖。

「唯一」的封印共分四方，除了一個位在眾所周知的西山．岩蘿鄉外，其他封印位置都必須藉由上一個封印才能獲知情報。

換句話說，就是西山的封印裡藏著有關下一處封印的線索，以此來類推。

而這些線索，似乎又只有「唯一」的天敵，守鑰一族的族人才能解讀。

不過現在證明不止了，因爲符廊香也知道其中一個封印就在潭雅市裡。

而一刻他們會知道，便是由安萬里告知的。

但在日前與符廊香、引路人的對戰中，安萬里遭到偷襲、受了重傷，只得先回公會閉關休養，無法留下來再給一刻他們更多幫助。

安萬里也坦承過，他從上個封印裡得到的線索並不是明確精準的，僅僅是籠統又片段的訊息。必須等那些環繞在訊息旁的迷霧逐漸消散，才有可能得到進一步的資料。

目前爲止，除了確定大致範圍是在潭雅市，線索就只有安萬里從公會捎來的幾幅圖像。

柯維安長長地嘆口氣，雙手快速將筆電從背後的包包再翻出來，手指靈活地舞動幾下，從好似一年到頭都呈現開機狀態的筆電裡叫出了那些圖片。

「雖然很佩服狐狸眼的在療傷之餘，沒忘了工作……」柯維安讓那些圖片同時並列，再哀聲嘆氣地說，「可是這個……實在太大海撈針了一點啦。」

那些圖片、或是說照片，是安萬里設法將自己見到的封印情報投射出來的，每一張看起來就像是在某個地區的風景一角。

但難就難在於，照片裡絲毫沒有顯著特徵，讓人足以辨認出那究竟是指潭雅市的哪個地區。

身爲本地人的一刻都看不出個所以然，更別說柯維安他們了。

只怕就算拿給其他潭雅人看，得到的答案也會是一問三不知。

可即使如此，一刻等人也沒想過要放棄。

如今有符廊香和瘴、瘴異在試圖解開封印、喚醒「唯一」。一刻他們清楚知道，自己這方要再加快腳步，把剩下的封印找出來，讓安萬里重新鞏固和補強才行。

雖然「唯一」對妖怪而言是偌大的災難，可一旦她真的讓瘴都能進化成瘴異，那對整個人世間來說不啻也是場浩劫。

光是想像那場景，就幾乎讓一刻他們不寒而慄。

這也是一刻等人近日馬不停蹄地在市裡四處調查的原因，甚至還和蔚可可、秋冬語兵分兩路，就是希望能盡早找到與照片中地點有關的蛛絲馬跡。

只可惜，到現在的收穫依然是零。

而有的時候，也會像剛才那樣，碰到瘴吞吃了人心欲望，在市裡為惡。

但說也奇怪，除了上一次在利英高中碰到的那些瘴異，在潭雅市出沒的仍以瘴為主。

這點，就連身為劍靈的范相思也猜不透。

一刻也曾想問蘇染的意見，那名女孩的分析能力總是讓他信服不已。可是一思及自個兒的青梅竹馬尚在外地，一刻最後還是打消了念頭，他不想因為自己的一句話，就打擾對方家庭的行程。

他希望蘇染和蘇冉都能放寬心。

「小白，接下來呢？」柯維安出聲打斷了一刻的思緒，那雙大眼睛眨巴地瞅著對方，「要再繼續找嗎？」

「……不了，今天就先到這裡。」一刻掏出手機，瞄了上頭的時間，做出收工結論。

神使的夜視能力好，但夜色多少會影響他們分辨細節。況且，另一邊的蔚可可她們是女孩子，在一刻的認知中，是不應該讓女孩子在半夜還單獨逗留在外的。

「都十點多了，就打個電話通知蔚可可她們吧。」一刻說，「明天一早再繼續，誰賴床我就踹誰屁股。」

「放心好了，小白，人家一定會早早爬起來，在一旁用關愛的眼神凝望你的睡顏。」柯維安臉不紅、氣不喘地說著。就在他的腦袋即將遭到一刻鐵拳制裁時，一道冷不防冒出的手機鈴聲好巧不巧地拯救了他。

「親愛的，我先接個電話……我靠！黑令!?」柯維安瞧見手機螢幕上顯示的名字，當場吃驚地嚷了出來。

一刻拳頭硬生生收住，他訝異地看著柯維安，柯維安則是匪夷所思地瞪著自己的手機。

柯維安一點也想不透，黑令爲什麼會在這時候打電話給他。

他們倆的確成爲朋友了，他還三不五時地從黑家那收到感謝的菊花……爲毛就專挑菊花啊？那其實是詛咒才不是什麼感謝吧！

柯維安覺得自己永遠都無法明白黑令的腦迴路構造，果然是披著人皮的外星人。

重點是，就算他和黑令成爲朋友，他們也鮮少主動聯絡彼此。偶爾黑令會在LINE上貼出自己在哪裡看見什麼品種的菊花照片，就已經稱得上了不起了。

可是連傳LINE都嫌懶的人，居然會打電話給自己？

一邊咕噥著天要下紅雨了，柯維安一邊心懷納悶地按下接聽鍵。

首先傳來的是一串長長的沉默。

靠，這是在玩無聲電話嗎？柯維安垮著臉，沒好氣地主動發聲，否則另一方估計會沉默到天荒地老。

「黑令？」

「嗯。」

「要你多擠一個字是會死嗎？等等，不用跟我說不會……你找我有事？」也算大致摸清黑令的說話風格，柯維安乾脆直接切入重點。

「有事。」黑令在另一頭承認，「我上網路查過，做錯事，要向朋友賠罪。」

「原來你會上網查這種東西……慢著，你說要賠啥罪？給誰賠罪？」

「網上說，邀朋友玩，是一種賠罪方式。給你。」

「喔，給我……欸欸欸欸？給我!?」柯維安慢一拍地反應過來，音量頓時忍不住拔高了好幾階。

強烈的震驚讓柯維安沒注意到，不遠處的一刻也接起了作響的手機，隨即面露錯愕。

「等一下！你沒事幹嘛給我賠罪？到底是賠個毛線啊？」柯維安衝著手機嚷。他才不想再收到更多菊花，管它名字不一樣也不行。

黑令從手機裡傳出的聲音還是無精打采，節奏緩慢，「上次符家，讓朋友難過，不應該，網路上也這樣說。我想邀你，你親愛的跟不親愛的也可以一起來，黑家有適合度假的別墅。老頭說，你不答應就表示我沒有朋友，他會哭，痛哭流涕的那種。」

「伯父也眞不容易啊……還有你居然能說那麼長的一段話……」柯維安都不知道自己該爲哪一邊驚訝了，他也沒想到黑令還將乇月祭發生的事放在心上。

直接拒絕就顯得自己太不給面子了，只是現在又是非常時期，哪能度什麼假……柯維安糾結一會兒，決定誠實告知。

「我再問問其他人的意見，最晚明天給你回覆……就先這樣了，掰。」結束通話，柯維安一抬頭，就望見閒得像有些不高興的曲九江和一臉複雜表情的一刻。

「小白，怎麼了？你聯絡好小可和小語了？」柯維安自然跳過曲九江，關切地問著白髮男孩，「你的表情看起來爲什麼像便祕……痛！」

「便你媽啦！」一刻一記爆栗砸下，砸得柯維安抱頭嗷嗷叫，「我還沒打給她們，不過……柯維安，我問你，你是不是把我的號碼留給符芍音？」

「對啊，我跟甜心你總是在一起，要是小芍音找不到我，還可以找你。但小白你怎麼會知……」柯維安驀地哽住了話。他瞠大眼睛，後知後覺地想通緣由，「不是吧！難、難道說，小芍音打電話給你了？小白，是什麼時候的事？爲什麼我都不知道？」

「就在剛剛，天才。」一刻橫了柯維安一眼。他接到符芍音的來電時也嚇了一跳，一開始還在揣測那串陌生的號碼是誰的，「你剛跟黑令講手機，她打不通，所以才打到我這來。總而言之，我們現在立刻馬上到車站去。」

「車站？為什麼？我們要趕去哪裡嗎？啊，該不會是符家那有什麼……」

「都不是，先聽我說完！」一刻嚴厲一喝。

不單柯維安反射性閉嘴，抬頭挺胸、縮小腹，就連曲九江也分來了注意力。

頓了頓，一刻接著說出足以讓柯維安發出高分貝大叫的驚人消息。

「你妹……幹，不是髒話。我是說你妹妹，也就是符芍音，她現在一個人就在潭、雅、火、車、站。」

「咦？咦咦咦咦咦咦——」

第二章

將全副心神凝聚在自己的碧綠光箭上，下一剎那，弦放、箭射，蔚可可射穿已受到重創的瘴的身體。

大股大股的黑煙伴隨著瘴發出的淒厲吼叫，從那具龐然軀體上不斷湧出。最後猩紅雙眼光芒暗滅，怪物般的身形也消失在蔚可可和秋冬語面前。

取而代之的，是個尋常男人軟綿綿地癱在地面，雙眼緊閉、呼吸平順，陷入了失去意識的狀態。

「呼哈……」蔚可可抬手抹去額角滲冒的汗珠。雖是秋季夜晚，但經過一番運動，或是說戰鬥，她也覺得有些熱了。

確定男人身上的瘴確實被消滅後，蔚可可收起碧色長弓，右手背上的淡綠花紋也跟著隱沒。正當她猶豫著要拿地上男人怎麼辦之際——畢竟讓對方躺在馬路中央似乎不太好——有人比她快一步行動了。

「放……這裡？」秋冬語面無表情，可眼神認真地徵詢著蔚可可的意見，「老大說過，垃圾……要好好放在電線桿下。」

「不不不，那才不是什麼垃圾。雖然被瘴入侵前，發酒瘋的樣子實在是……」蔚可可俏臉皺成一團，想到不久前發生的事。

她和秋冬語同樣也在潭雅市內展開調查，希望能盡快找到符合安萬里傳來圖像的地方。可沒想到當她們走到一條偏僻路上時，卻遇到了醉漢騷擾。

那人嘴裡喊著粗俗的話，雙手也肆無忌憚地打算伸過來，只不過被秋冬語一傘打掉，再安靜俐落地把那人踢飛出去。

接下來，那醉漢就像徹底失去控制，雙眼布滿血絲，勃然大怒地像隻鬥牛衝過來。他的眼睛越來越紅、越來越紅，終至被染成一片不祥的血色。

那是瘴的眼睛！

不知何時被瘴入侵的男人，剎那間失去了人類外貌，成爲恐怖嚇人的怪物模樣。

但恐怕連這個瘴也沒料想到，自己想攻擊的兩名小女生也不是普通人類，其中一人還是它的天敵，神使！

這個瘴的力量不算強大，沒有太多懸念，就直接演變成現在的結果。

「總之那不重要，而且現在也早就垃圾不落地了……」蔚可可草草帶過原先的話題。她注意到秋冬語在面對騷擾犯這樣的存在，言行似乎會無意識地變得更加不留情。

她也不喜歡那類人，變態——實質意義上的，小安不算——就該用力打飛出去！

可是對於向來鮮少明確表露出好惡的秋冬語，蔚可可忍不住感到一絲好奇。

「小語，妳討厭這個人嗎？」蔚可可指著倚靠電線桿的男人，沒忘記秋冬語在對變成紅眼的男人施展第二次踢擊時，力道大得讓她都想反射性地一縮肩膀。「呃，我也不喜歡……但小語看起來，和平時有點不一樣……」

「討厭和不喜歡，不是很明白……」秋冬語以墨黑的眼珠回望，「可是，本來像棉花糖的心情不見……他想欺負可可，不能允許。齊翔宇的時候，沒好好保護……以後都會保護好，一定。」

「不行！」蔚可可卻是急得跳腳。在秋冬語的訝然中，她手扠腰、杏眸瞪大，好看的眉毛倒豎，「不能只顧著保護我啦！小語妳也是女孩子，也要保護自己才行。當然，人家也會保護妳的！」

像是要展現說服力，蔚可可信誓旦旦地挺起胸膛，可愛的臉蛋滿是義正辭嚴的神色，她朝秋冬語伸出了小指。

秋冬語眨眨眼睛，記得在胡十炎給她看過的夢夢露動畫中，這是一個很重要的約定手勢。於是她相當慎重地也伸出自己的小指，和蔚可可的勾在一起。

「約定好了，不能違背約定喔。」蔚可可笑顏盛綻，眸子發亮，像是倒映著無數星星的水潭，「違背的話，就……宮一刻是小狗！」

莫名其妙中槍的白髮男孩，此時在前往火車站的路上狠狠地打了一個大噴嚏，感覺背後無來由地發涼。

「好。」秋冬語點點頭，唇角也彎出小小的笑弧。

自從引路人事件結束後，她露出微笑的次數增多，臉上的表情比起兩人初識那時生動了不少。

「嘿嘿，我就知道小語笑起來會是大美人。」蔚可可沒錯過對方淺淺的笑意，立刻與有榮焉地也笑得開心，「當然平常就很漂亮了，我們果然是無敵的美少女雙人組！」

蔚可可邊得意洋洋地說著，邊不忘眼明手快地把面前的一幕拍進手機裡。

她之前和胡十炎達成協議，六尾妖狐同意日後出借秋冬語的生長記錄相簿，不過交換條件是蔚可可和秋冬語在一起時，要多幫忙拍一些照片，以彌補他不在場、無法目睹之憾。

就像相思說的，老大眞的是傻爸爸呢。蔚可可笑咪咪地想，爲自己的好友有個很棒的監護人而感到欣喜。

「小語、小語，我忽然想到老大人眞的很好耶。」

「同意……無異議。」秋冬語也不問蔚可可的話題怎麼沒頭沒尾地就跳到這裡，只是無比鄭重地回答。

「我老哥其實對我也不錯，就是大多時候太獨裁一點……」蔚可可嘀咕著說。就在她準備再補充一個「太高壓專制了一點」，好讓自家兄長的形象能更鮮明，她抓在手上的手機無預警地鈴聲大作。

「哇啊！老哥對不起！」蔚可可被嚇得跳起，習慣讓她想也不想地閉上眼睛，大聲道歉，就怕冷酷的鐵拳會落到她無辜的腦袋瓜上。

蔚可可緊閉雙眼好幾秒，只聽見手機鈴聲執拗的迴響，以及——

「可可的哥哥……不在這。」秋冬語輕戳了蔚可可的手臂，語調輕飄飄地提醒著。

「咦？對厚！」蔚可可馬上張開用力閉起的雙眼，緊繃的身體也順勢放鬆。她撓撓臉頰，露出一抹恍然大悟的傻氣笑容，「我真是笨蛋，老哥人在湖水嘛。就算他打電話，也不可能有辦法給我一記鐵拳制裁……哎？不是我哥打來的？是宮一刻？」

瞧見手機上的來電人名跑出白髮男孩的名字，蔚可可一愣，旋即忙不迭地按下通話鍵。

從手機另端湧出的聲響一時有些吵雜，蔚可可「喂」了好一會兒，才終於聽見熟悉的嗓音傳出。

「蔚可可，妳和秋冬語先回我家去。今天時間晚了，調查先告一段落。」

「我和小語先……宮一刻，那你們呢？」蔚可可敏銳地捕捉到對方話中的含意，當下發揮追根究柢的精神追問。

「靠，平常也沒見妳這麼精明。」

「太失禮了啦，我一直都超精明的好不好！宮一刻，我覺得你一直都太小看我這位美少女了。」

「……不、要、逼、我、吐、槽、妳。」

「喔……」蔚可可癟著嘴，乖乖應了聲。下一秒，她驀地留意到秋冬語的隨身包包內有一道模糊樂聲飄出，聽起來很像魔法少女夢夢露的主題曲，她立刻用嘴形無聲提示。

小語，妳的手機響了。

見秋冬語也接起手機，怕自己音量過大，會干擾對方，蔚可可下意識一手摀在嘴邊，將聲音放小。

「宮一刻，所以你們要去哪裡？跟我說啦。」

「沒要去哪裡，很快就會回去。曲九江大概會先到，妳別冒出什麼天兵發言踩到他的雷，聽到了沒有？還有冰箱有布丁，記得把妳那份吃掉，最多只能再吃我那份，懂不懂？」

「宮一刻，你真的越來越像我老媽了耶！」

「囉嗦！先掛掉了，趕緊回去！」像是惱羞成怒般吼了聲，一刻不客氣地掐掉通訊。

「就真的很像我老媽嘛……」蔚可可嘟囔地收起手機，嘴上還是唸唸有詞，「可惡，誰說女孩子容易有祕密、搞小團體，明明男孩子才是吧。宮一刻，小氣鬼。」

蔚可可轉頭就想向秋冬語抱怨一番，卻見對方仍在講電話。

從那名長直髮女孩口中飄出的斷續話語，很難判斷出雙方的談話內容。

最末，秋冬語平淡地吐出「明白」兩字，這才將手機挪開耳畔。

「小語，是公會的人打給妳嗎？」蔚可可直覺猜測。

「肯定。」秋冬語說，「開發部通知我……要我先回公會，有新的研究……」

「咦？這麼突然？」蔚可可吃了一驚。

「所以，我先陪可可回去……再去搭車。」秋冬語拉起蔚可可的手。

「什麼？那不行啦！」蔚可可想也不想地否決這項提議，雙手反握住秋冬語的手指，「應該顛倒過來才對，我陪小語去搭車，然後我再回宮一刻家就好！」

「否定……」

「沒有否定，今天是星期五，晚上人還很多，不用擔心不安全。而且人家也是個神使，小語不相信我的實力嗎？」

「相信。」秋冬語不假思索地說，隨後就像被蔚可可說服了，小幅度地點點頭。

「很好，那就這樣決定囉！」蔚可可愉快地宣布道。

如同蔚可可所說，週五夜晚的街道上人車依然不少。潭雅火車站附近仍相當熱鬧，車站大廳不時有人進進出出，通明的燈火映亮了一張張臉孔。

目送秋冬語通過剪票口，蔚可可使勁朝她揮手道別，並且拍拍胸口，表示不用擔心後，這才轉身離開。

只是蔚可可萬萬沒想到，自己下一瞬間會在另一邊月台出口發現一抹搶眼的白。

白色？白色的頭髮？等一下，那背影根本超級眼熟的！蔚可可結結實實地吃了一驚。

當腦海確認完對方身分的同一時間，蔚可可的身體也反射性跟著行動了。她連忙邁步奔去，強烈的好奇心撓得她心底不住發癢。

宮一刻爲什麼要來車站？送人？接人？可惡，好想知道！

「宮一刻！」蔚可可在彼此距離不遠時放聲大喊，頓見前方的白髮人影下意識轉過頭，接著那張給人凶狠印象的臉孔，立時躍上了大大的震驚。

「蔚……蔚可可？」一刻錯愕地看著像小動物可愛的鬈髮女孩快步跑近，心裡受到的驚嚇不比蔚可可發現自己時來得少。畢竟任誰看到不應該出現在這的人物闖進自己的視野，都會忍不住嚇一跳。

可是很快地，一刻雙眼便險惡地瞇細，腳下同時大步上前，氣勢可說嚇人得很。

蔚可可猛地煞住腳步，幾乎看見白髮男孩的身後像有縷縷黑氣飄出。那種壓迫感……簡直就像被她老哥發覺自己差點考不及格的時候差不多。

蔚可可吞了吞口水，忽然後悔起自己的莽撞。早知道她就該神不知鬼不覺地溜回去，而不是主動暴露出她人還在外頭逗留的事實。

蔚可可俏臉不禁刷白，覺得自己依稀聽見了電影大白鯊的配樂。

千鈞一髮之際，另一道聲音拯救了宛如石化的蔚可可。

「小可？哎哎哎，真的是小可耶！」

熟悉的娃娃臉進入蔚可可眼內。

蔚可可第一次覺得柯維安的聲音有如天籟，立刻如獲大赦似地跳起來，想跑到柯維安的身邊去。然而還沒來得及實行，她就先因目睹了柯維安的一隻手還牽著另一抹嬌小人影而呆住。

蔚可可目瞪口呆。

柯維安牽著的是名看起來約莫八、九歲的小女孩，揹著兔子背包，穿著綴有多層花邊的白洋裝。小臉精緻，皮膚比常人還要來得雪白，彷如被剝離了色素，就像是由無瑕冬雪堆凝而成的雪娃娃。

但真正最引人注目的，卻是那一頭在側邊梳綁成過腰馬尾的潔白髮絲，以及那一雙鮮紅剔透的大眼睛。

「好……好可愛喔！」蔚可可倒抽一口氣，摀著心口大叫，當下將猶黑著臉的一刻扔在一旁，三步併作兩步地向那名白髮小女孩跑過去。緊接著又在小女孩的身前停住。她蹲下身，讓彼此雙眼平視。

「那個啊……」蔚可可露出大大的笑容，以徵詢的語氣問，「可以給姊姊抱一下嗎？」

白髮小女孩面無表情地望著蔚可可，然後抽出被柯維安牽住的手指。無視柯維安一臉的大受打擊，她張開一雙瘦小胳膊，動作莫名有種豪氣的意味。

「女女授受，親。」符芍音嚴肅地說，雙臂張得更開。

「天啊，好可愛、好可愛，怎麼那麼可愛！」蔚可可只覺心頭受到重重一擊，瞬間體會到柯維安常常說的那個「萌」字。她一把將那具小巧身子抱入懷中，熱情地蹭了蹭那張還猶帶幾分嬰兒肥的小臉蛋。

這一幕引來了車站外旅客的注意。

尤其那名像小動物可愛的鬈髮女孩子，所抱的還是一名醒目萬分的白子小女孩，要人不多看幾眼都很難。

還有人忍不住拿出手機，想偷拍個幾張照。

可是那一大一小身邊的白髮男孩，就像是有所警覺，身子迅速一擋，凌厲的眼神也一併扎射出去。毫無收斂的凶暴氣勢，當場讓想偷拍的人們手一抖。

只是瞬間，人群就紛紛加快腳步散開，誰也不敢再多逗留。

「甜心你太棒了，比驅蚊器還有效！」目睹全程的柯維安熱烈地拍著手，可拍著拍著，

他的表情驀地垮下，轉成哭喪著臉，「甜心啊……」

「幹，又怎麼了？」一刻被柯維安突來的情緒轉換弄得摸不著頭緒，他粗聲地問，但掩不住底下的關心。

「這個世界眞的太不公平了，嚶嚶嚶……」柯維安一臉傷心欲絕，趁機撲抓住一刻的手臂，「爲什麼女孩子就可以……小芍音只肯答應讓我牽手，要抱抱的話，卻對我說男女授受不親……人家也想抱抱小芍音啊……」

一刻毫不猶豫地將關心打包扔掉。他沉默地拉開柯維安的兩隻爪子，再冷酷說道：「你下面沒了，不就可以去抱了？」

柯維安的哭訴登時噎住，他雙腿不由自主地一夾緊，娃娃臉也染上驚惶色彩。

半晌，柯維安虛弱開口，「小白，我個人還是比較想繼續當個堂堂正正的男子漢……」

「什麼？什麼？小安你們在說什麼嗎？」蔚可可從軟玉溫香中回過神，連忙眨巴著大眼睛，好奇地瞅著兩名男孩子，「我好像聽到男子漢什麼的……」

「哥哥，男子漢。」符芍音動了下身子，待蔚可可意會過來、鬆開雙手，她挺直身板，下巴抬高了些許角度，平板的表情好似又透著一抹自豪，「我，女漢子。」

「什麼女漢子……」一刻凶惡的表情頓時繃不住，他又好氣又好笑地看著語出驚人、人小鬼大的白髮小女孩，就連先前要教訓蔚可可的心思都暫時擱到一邊去了。

「好萌！」柯維安激動得連臉頰都紅了，可是隨即又慌慌張張地蹲在符芍音身前，耳提面命道：「小芍音，萌歸萌，可是千萬別稱自己是女漢子。妳明明就是軟萌小蘿莉，是我的小天使，絕對不要成爲女漢子那種殺傷力強大的生物啊！」

「小安，你說這種話會成爲女性的公敵喔。」蔚可可不甚贊同地皺皺鼻尖。

「女漢子，不夠？」符芍音也有點不服氣地再使勁挺起胸膛。

柯維安這次聽懂了，符芍音這是在問自己，難道她還不夠格被稱爲女漢子？

「先別說小芍音妳的年紀太小……」柯維安覺得符芍音眼露不平的模樣也能輕易迷得他團團轉，然而他還是忍不住痛苦地呻吟了一聲，「無論如何，我都希望妳維持軟萌、易推……不對，後面這是不小心講太順了，我眞沒那個意思！總之，小芍音妳千萬不要成長成跟哥哥身邊的女漢子一樣……」

「喔……」一刻恍然大悟地發出一個音節，他倒是可以體會柯維安的感受了。

說起柯維安身邊最令人印象深刻的女漢子，一個自然是他的師父，張亞紫；另一位則是劍靈，范相思。

自小就生活在公會的柯維安，想必沒少被壓榨過，怪不得會留下心理陰影了。

「哥哥？」蔚可可狐疑地眨眨眼，看看柯維安，再看看一刻。剛剛她就從白髮小女孩口中聽見這兩字，只是一時不確定到底是在稱呼誰。

不過現在柯維安也這麼自稱了，也就是說……

「咦咦？所以是小安的妹妹？」蔚可可瞪圓了眼，看起來相當震驚，她下意識地指向一刻，「都是白頭髮，我還以為是宮一刻你偷生的女兒耶！」

「我操！女兒個蛋！老子是能跟誰生？」一刻臉色瞬間又染成如鍋底黑，他拳頭捏緊，似乎在克制著將蔚可可拎起來，抓著她猛力搖晃一番的衝動，「蔚可可，妳唸外文系是唸到基本數學也不會了嗎？」

「它們拆開來我看不懂，組合起來我也看不懂。」蔚可可抬頭挺胸，驕傲地說。

一記粗暴的爆栗終於落到蔚可可頭上。

「白痴，倒扣回去也知道我生不出來。」一刻的青筋在額角突突地跳動，「還有妳是忘記老子的頭髮是染的，不是天生的嗎？」

「我……我就一時忘了嘛……」蔚可可抱著頭，可憐兮兮地蹲在地上，小鹿般的眸子還淚汪汪的。

「呼呼。」符芍音朝蔚可可摀住頭的位置吹了幾口氣，鮮紅大眼隱帶指責地瞥視一刻，「壞。」

一刻的臉更黑了。

蔚可可和柯維安在瞧見一刻啞巴吃黃蓮的表情後，費了好大的力氣才強忍住沒讓竊笑溢出來。

「噗……咳咳咳。」柯維安剛開口，笑聲就衝出來，急忙假裝像嗆到般地連咳幾聲，待回復平穩，復而正正神色，「小可，跟妳介紹，這個超可愛、超可愛的小女生是符芍音。別看她年紀小小，她也是狩妖士，還是符家現任的家主呢。」

「符家家主嗎？這麼小嗎？好厲害啊！」蔚可可驚歎地嚷，伸手握住符芍音的小手，親切地搖了搖，「芍音妳好，我是蔚可可，妳可以叫我小可姊姊喔。」

蔚可可有時候粗枝大葉的，但在某些細節又格外敏感。她不是沒注意到柯維安和符芍音兩人不同姓氏，也大致知道柯維安的身世，可是她全然沒有追問的意思，只是綻放活潑開朗的笑靨。

「姊姊。」符芍音簡略稱呼著，她比比自己，也正經八百地做了介紹，「符芍音，普通可愛。」

蔚可可沉默一瞬，猛地扭過頭，雙眼像鷹隼放出精光，「小安，你妹妹能不能送給我？拜託、拜託、拜託。」

「拜託妳個大頭鬼。」一刻不客氣地將蔚可可一把扯了起來，語氣嚴厲，「給我立正、站好。」

蔚可可有如本能般地服從，連大氣也不敢吭一聲，唯有一雙靈動的眸子還是骨碌骨碌地轉動，不時含帶冀望地瞅著柯維安。

「不行不行，說什麼都不行。」柯維安堅定無比地比出一個大大的「X」，「不過小可妳要是想體會什麼叫更多的萌……來吧，少女，我們小天使愛護俱樂部永遠敞開大門，歡迎妳的加入！」

「欸？不要，那聽起來很像邪教耶。」蔚可可一口拒絕。

「嗚喔！」柯維安被對方的秒答刺痛了心。

「夠了，少扯那些有的沒的，回歸到正題來。」一刻板起一張黑起來更嚇人的臉，「我和柯維安是來這接符芍音的，她突然就跑來這。」

「不突然。」符芍音否認，「電話。」

「那種十幾分鐘前才打來的電話，並不叫作事先通知。」一刻沒好氣地說，換來符芍音將併起的五指斜抵在額前，做出道歉狀，「反正我們倆就是來車站要帶她回我家的。曲九江看起來就是一副沒興趣的樣子，我乾脆先踢他回去。」

「原來是這樣啊……可是，宮一刻，你的那個神使不是總要跟著你嗎？」

「跟什麼跟？又不是女高中生，上廁所還要結伴去。」

「哇，你好了解！」

「廢話，利英是男女合校，男女同班……不要以為歪了話題，老子就會忘記妳做的事，蔚可可。」一刻語調驟然一沉，氣勢迫人。

蔚可可頓時想起蔚商白不苟言笑訓起人的樣子。

「我……」蔚可可嚥嚥口水，背脊無意識打得更直了，「我不是故意要在外面亂跑的啦……我是來送小語搭車的！」

「送？秋冬語？」這意想不到的轉折讓一刻皺起眉頭。

「小可，難不成小語有事先離開潭雅了嗎？」柯維安按捺不住詫異地問道。

這裡是潭雅火車站，如果說要送秋冬語，那麼柯維安第一個想到的就是那名長直髮女孩要離開這座城市，返回繁星市。

「公會……是老大叫她回去的嗎？會不會太突然了一點？」

「我也覺得有點突然……但不是老大。」蔚可可搖頭，「宮一刻打電話給我的時候，小語也接到電話。我記得是開發部打來的，希望她馬上回去，有新的研究需要她之類的。」

「好吧，果然很有開發部的風格……」一聽是紅綃負責的部門，柯維安心裡的詫異頓時被毫不意外取代了。他皺著臉，做出了全公會都認同的評論，「開發部就是一群不管你現在是白天還是半夜的瘋子，但是新研究……這還真令人好奇哪。」

「收起你那不合時宜的好奇心。」一刻拍上那顆頂著鬈翹髮絲的腦袋，「先帶符芍音回我家，家裡還有范相思在，有啥疑問你不會再去問她嗎？好歹人家也是部長之一。」

「對喔，甜心你眞聰明，突破盲點了！」柯維安喜孜孜地一擊掌，不忘迅速端起做人兄長的風範，「小芍音，我們走走走，和哥哥我一起住小白家吧，剛好妳可以跟小可、范相思睡一間。」

「睡我旁邊、睡我旁邊。」蔚可可自告奮勇地舉高手，「我睡相很好，不打呼……哎？宮一刻？」

發覺到白髮男孩沒有跟上，蔚可可訝然地轉頭盯著對方，不明白對方爲何突然停下。

「我去上個廁所，你們先到前面路口等我。」一刻一手斜插口袋，一手朝三人揮了揮，見兩大一小又往前走了，這才折返回車站大廳的另一側方向。

只不過一刻卻沒有眞的走進男廁，當他來到車站大廳的邊側出入口，他驀地轉了進去，腳下速度也加快，可依然保持著安靜無聲。

很快地，一刻發現到自己的目標。

從他們一夥人站在外面的時候，他就隱約覺得有視線注視著他們。沒有惡意，但不代表一刻願意成爲不知名人士的觀察對象。

等到一刻看清了目標相貌後，他高高揚起眉梢，對那兩張臉稍微有點印象了。

至於那兩人怎麼會出現在這種地方，一刻用腳趾想，都能得出答案。

還能是爲什麼，符家的狩妖士會跑來潭雅火車站，當然只會是爲了符芍音。

「喂。」一刻伸出手，猝不及防地拍上其中一名少年的背，「你們不是那個七八的？」

「嚇啊！」全部注意力都放在車站外的兩名少年被嚇得齊齊跳起，一時拔得尖高的聲音，就像被掐了喉嚨的雞在慘叫，當場讓車站大廳其他人錯愕地往這方望來。

見到似乎只是一群年輕人鬧著玩，那些目光又失了興致地挪開，停下的腳步再起。

伍書響和陸梧桐可不管自己是否成爲了注目焦點，那突然的第三人聲音嚇到毫無心理準備的他們。

雖然嚴格來說，是被拍背的陸梧桐先嚇到，但他的尖叫引得伍書響跟著一起失了冷靜，最後造成這局面。

「你你你……」陸梧桐白著臉，感到心臟險些從嘴巴裡蹦出來。誰想得到應該往廁所去的那條人影，現在就站在自己身後？「幹！你不是去上廁所了嗎？我明明就看你往那邊……還有誰是七跟八？你連別人的名字都記不……唔！」

「不好意思，小陸就是管不住自己的嘴巴，你別放在心上。」伍書響立即堆起笑臉，不忘在摀住陸梧桐嘴巴的同時，給他一道惡狠狠的警告眼神，音量也霍地壓低，「閉嘴啦，笨蛋，你是想連小小姐都引過來嗎？」

聽見伍書響用氣聲的低吼，陸梧桐愣了愣，趕緊搖搖頭，表示自己接下來會懂得控制音量，不會再惹來無端的側目。

「你們是跟著符芍音過來這的？」一刻並不在意眼前少年們到底是三四還是五六，他只想釐清眼前的情況，「符芍音不知道你們在後面？」

「這個……我們還眞不曉得小小姐知不知道我們偷偷跟著過來。」伍書響苦著臉，老實地交代。

「肯定不知道的……我猜。」陸梧桐自己說得也有些底氣不足。

「到底怎麼回事？你們符家居然就讓一個小鬼自己搭車到潭雅，在這種時間點？」一刻抱起雙臂，眼神冷颼颼的，「你們這些年紀比她大的傢伙是幹什麼用的？啊？」

明明一刻的聲音沒有特意放大，可是伍書響和陸梧桐卻覺得自己就像是被老師當眾訓話的小學生，那股壓迫感讓他們一時抬不起頭來。

一旦對上了一刻的視線，心底還會忍不住發怵。

這個白頭髮的神使未免也太恐怖，爲什麼偏偏是被他發現啊！

伍書響兩人內心閃過相同哀號，最後是伍書響頂著莫大的壓力，硬著頭皮解釋。

「我、我們有要求小小姐帶人一起過來，畢竟她年紀還小……可是她堅持這是她一個人的旅行，不准人跟著。」

「就是，你都不曉得被斬馬刀架在脖子上，是有多嚇人嗎？」

「當然這事已稟報給長老，大家也不想違逆小小姐的心情……最後就乾脆大夥表面上都當不知情，再由我們倆偷偷尾隨，確保小小姐的安全，直到小小姐和柯維安會合為止。」

「喂，白毛的，這幾天你們可要好好照顧小小姐，不能讓她掉根頭髮，聽見了沒有？」

「聽你靠杯，那她自然掉髮怎麼算？」一刻不耐煩地厲了一眼過去，當即讓陸梧桐張著嘴，咿啊半天說不出話來。

伍書響暗罵了同伴一句「豬隊友」，快速將人拉到後面，換自己站上前。他慎重地從背包掏出一個頗具分量的長方紙盒，恭恭敬敬地把它交給了一刻。

「接下來，小小姐就麻煩你們多費心了。」伍書響低頭說，「這是我們符家前陣子和鎮上糕餅店一同合作，推出的新產品，請笑納。」

一刻看著紙盒上印的食物照，是形狀小巧的豆沙饅頭，只不過上頭還印了一個紅色的「芍」字。

一刻不禁啞口無言，但還是伸手接過。

「我們這邊會顧好她的。」一刻簡單地給出保證，「但是我還有一個問題，符芍音為什麼突然跑來找柯維安？」

伍書響和陸梧桐面面相覷，然後他們有志一同地搖搖頭。

他們符家上下，沒有一個人知道現任家主來這究竟是為了什麼。

第三章

一大早，柯維安就醒了過來。

不像前幾日還會抱著涼被，賴著床不肯起來。當他雙眼霍然張開，他的大腦也迅速開機完畢，思緒清晰得一點都不像是剛睡醒的人。

柯維安毫不意外地發現自己又躺在一刻房間的地板上，這可比之前有次一半身體都掛在床邊，要掉不掉的好多了。

那一天，他可都處於腰痠背痛，哀哀叫的狀態。

房內傳來一道平穩的呼吸聲，房間主人猶然熟睡中。

柯維安撐起上半身，果然瞧見一刻睡相良好地平躺在床鋪上。

沉睡中的白髮男孩看起來沒平時那股凶狠勁，就連眉眼也變得溫馴許多，加上總是繃緊的臉部線條呈現放鬆狀態，頓時整個人像小了一、兩歲。

小白的睡相眞不錯啊……柯維安在內心讚歎著，隨即輕手輕腳地爬起，抓過床鋪角落的一隻粉紅色小牛玩偶，小心地將它擱在一刻臉邊。

萌！柯維安忍不住都想誇獎自己做得好。他摸找出手機，神不知鬼不覺地替床上的大男孩拍了一張照片，才心滿意足地悄悄開門，到房外的廁所去刷牙洗臉。

柯維安再次躡手躡腳地回來後，一刻依舊沉浸在夢鄉中。

柯維安瞄瞄手機，才剛過七點，窗外天色也從魚肚白染上幾抹亮色。大約再一個多小時，日光就會肆無忌憚地照進房間，將這個充斥著眾多絨毛布偶的空間映得金耀。

二樓的走廊在柯維安出去時，仍然一片靜悄悄的，聽不見什麼明顯動靜。

他猜測，目前可能就只有他一人醒來。

至於他會那麼早清醒，和昨晚一直積累不散的興奮勁多少也有點關係。

符芍音的忽然到來，對柯維安而言，著實是份偌大的驚喜。

能夠再見到那名和自己有著兄妹名義的小女孩，尤其還是自己心目中的小天使第一名之一——之二是年幼外表的織女——柯維安的心裡從昨夜起就維持著百花盛開，小桃花、小櫻花、小梅花鋪天蓋地般飛舞著。

但是柯維安也不是眞的會被興奮完全沖昏頭的人，他的思考能力並沒有因爲符芍音的到來就宣告停擺。

現任符家小家主素來老成，可不是會因爲突然心血來潮，就跑去實行的性子。

換句話說……柯維安不認爲符芍音單純只是爲了見自己一面，才大老遠地從寂言村跑來潭雅市。

但爲的又是什麼？

這點，饒是柯維安自認心思敏捷，也難以揣測出一個大概。

柯維安一邊陷入苦思，一邊跪坐在一刻床鋪旁，彷彿這樣盯著對方的睡顏就能幫助思路通順。

只是盯著盯著，柯維安又跌入自己的思考世界，渾然沒發現床上的白髮男孩將要甦醒。

一刻對於敵意、惡意向來相當敏銳，不過不代表他對不摻雜這兩項情緒的視線就會毫無感覺。

存在感太過強烈的注視，讓一刻反射性掙脫睡意的擁抱。他使勁睜開眼，第一眼映入的，就是床邊有個模糊的人影。

而且還與自己靠得超近！

什麼鬼？一刻內心一悚，想也不想地抄過身旁的一隻玩偶，快狠準地就往那抹可疑至極的人影砸去。

沉浸在思考裡的柯維安壓根沒留意到一刻已經醒來，更沒想到對方還會出手攻擊。毫無心理準備下，柯維安的臉迎來了正面一擊，當場發出悶聲慘叫。

這再熟悉不過的聲音倒是讓一刻瞬間清醒過來，眼見挨了自己一記的娃娃臉男孩就要往後栽倒，他眼明手快地一把扯住對方的衣領，將那具不穩的身子及時扯了回來。

「搞屁啊！你一早……你七點多就蹲在我床邊，是想嚇死誰？」一刻耙梳凌亂的白髮，抓過一邊的手機，一看時間，那張剛醒就顯得凶惡的臉立即再添上幾分惱火。

柯維安摀著臉，哀怨地哼哼唧唧，「窩的連要凹煞去了啦（我的臉要凹下去了啦）……」

一刻決定不同情那小子，人嚇人可是會嚇死人的，得給他一個教訓才行。

但一刻想是這麼想，還是在越過柯維安去刷牙洗臉後，回房時手上多拎了一條浸得冰涼的毛巾。

「拿去。」一刻沒好氣地把毛巾塞給柯維安，一屁股坐在床緣，「自己去照鏡子，看有沒有哪裡腫了還是瘀青？」

「如果有的話，甜心你要對我負責嗎？」柯維安把臉埋進毛巾裡，只露出一雙大眼睛，滿懷冀望地盯著一刻。

一刻的回應是皮笑肉不笑地扳扳十指，意思很明白：在那之前，老子先把你揍得全身都腫吧！

「啊哈哈，剛有人說話嗎？一定不是我嘛。」柯維安連忙裝傻地笑，一點也不想要自己的帥臉在下一秒就成了豬頭，他好歹也是靠這張臉來刷全世界小天使的好感度的。

「馬的，眞不要臉……你把內心話也說出來了。」面對柯維安茫然的臉，一刻翻了下白眼。

「哎呀，這表示我對小白你是毫無防備，眞心話都會說給你聽的。」柯維安也不在意，笑咪咪地說道：「而且人家也是靠臉來刷小白你的好感度的，接下來則是靠我溫柔、強大、寬廣、包容的個性！」

「你敢說我還不敢聽。」一刻不翻白眼了，改給予鄙夷的眼神，「你根本該跟那些形容詞道歉。」

「難道甜心你覺得我的臉不夠好、不夠萌嗎？」柯維安捧著心，往前湊近，不忘把自己的臉蛋抬高成最適合賣萌的四十五度角。

一刻就算昧著良心，也沒法子說眼前的娃娃臉不夠可愛，大學生還長這種臉，未免也太犯規了。

不過這不表示一刻就拿柯維安沒辦法，畢竟可愛的臉看久，也是多少會生出免疫力的。更不用說一刻高中時，還幾乎與蘿莉外表的織女朝夕相處。

於是一刻露出笑容，笑裡的猙獰讓柯維安心底警鐘大響的同一時間，他飛速抓起小牛玩偶，再一次不客氣地拍砸出去。

「唔噗！」這一次，柯維安是眞的倒下了。

柯維安顫顫地伸出手，在地面上寫下一個「慘」字，一雙淚汪汪的眼眸更是控訴般地望著一刻。

「小白你……你……」

「我怎樣？」

「你無情、你無義、你無理取鬧……」

「信不信老子讓你見識什麼叫更無情、更無義、更無理取鬧啊？」一刻咧出森白牙齒。

逆光中，讓柯維安忍不住想到海中某種可怕的巨型生物。

夭壽！大白鯊的主題配樂都跟著自己響起來了！

柯維安身子一抖，將奔馳過頭的想像力拖了回來。他趕忙爬起，端坐出最標準的坐姿。

「小白，我覺得啊……」柯維安義正辭嚴地說，「人還是要文明的對談，用暴力是不對的。」

「那就別逼我用暴力。」一刻拾回地上的小牛玩偶，面無表情地瞪回去，「萬一砸壞了怎麼辦？」

柯維安告訴自己，他居然還比不上一隻牛什麼的，肯定是錯覺，可是男子漢的汗水好像要從眼眶裡流出來了。

「你又在想什麼亂七八糟的東西？回魂。」一刻握著小牛玩偶的前肢，往柯維安腦袋拍了一下。

「我？我在想小白你這落差萌，眞是萌得犯規，萌得我激動……不是，我在想很嚴肅的東西！眞的，看我雙眼如此正直無垢！」柯維安臉不紅氣不喘地豎起三根手指，做出童子軍宣誓的動作。

一刻的臉上只明明白白地寫著「聽你在唬爛」五個大字。

「所以這和你一大早就爬起來有關係？」一刻最後還是順著柯維安的話題問下去了。

「有關、有關。」柯維安小雞啄米似地連連點頭，娃娃臉也跟著擺出正經八百的表情。

「小白，對於小芍音忽然過來我們這，你怎麼看？還有你昨天在車站，不是眞的去上廁所吧？我猜你是發現了什麼……而根據我天縱英才般的頭腦判斷，最有可能就是偷偷在路上保護小芍音安全的符家人，對吧？是小伍還是小陸？」

「這你竟然都能猜到？」一刻吃了一驚，他昨晚可沒跟任何人透露出伍書響和陸梧桐出現的事，「那天才，爲毛你期末考差點都是六十分飛過？」

「因爲我前天在熬夜追新番……小白！你不要誘導我說出來啊！不提期末考，我們還能當好朋友。」柯維安痛心疾首地按住胸。那次的成績讓他差點被自己師父倒吊在公會大廳，充當裝置藝術一整天。

對一般大學生來說，期末考分數有六、七十分就已是安全範圍，能過就好。可是在身爲文昌帝君的張亞紫眼中看來，可就沒達到她的標準了。

「你活該。」一刻一點也不同情柯維安，卻也沒再繼續打擊對方，「跟來的是小伍、小陸，他們把人託付完就回寂言村。我問過他們了，他們也不曉得符芍音爲何突然來找你。」

「唔嗯……」柯維安摸著下巴，若有所思，「也就是說，估計整個符家都不知道小芍音的想法。可是，肯定是有非常重要的事，才讓小芍音決定大費周章地過來。否則她大可以直接用手機或其他方式聯絡我，而不是非得本人來這。」

一刻不自覺地皺起眉頭。

柯維安的分析很有道理，但這樣一來，就繞回最根本的問題上了——符芍音是爲了什麼原因前來？

「小白。」柯維安的聲音倏地變得乾巴巴，眼裡的笑意也褪去，取而代之的是一抹緊張，「你覺得……會不會跟符邵音或情絲有什麼關係？」

一刻一愣，不忍見到眼前的那張娃娃臉頓失活力，甚至顯得萎靡，他冷不防將小牛玩偶用力塞進柯維安懷中。

「想那麼多幹嘛？到時問符芍音不就知道嗎？別跟我說你連當面問的勇氣都沒有，把你當變態偷窺小朋友的魄力拿出來。」

「小白，你不加最後一句我一定更感動……你加了之後，根本就像在指我和變態沒兩樣了啊……」

「哪裡沒兩樣？早就一模一樣了吧？」

「不不不，我是紳士！紳士和變態是天差地別的！小白你別走，甜心快回來，聽完我的解釋呀——」

從房間到樓梯間，柯維安一路都在一刻耳邊叨唸個不停，試圖導正自己在對方心裡的形象地位。

柯維安沒忘記二樓還有人在睡，還特別壓低音量，不讓自己的聲音吵到其他同伴。

就在一刻被煩得忍無可忍，打算一掌搗上那張喋喋不休的嘴巴時，客廳裡大亮的光芒讓他動作一滯。

一刻腳步停住，後方的柯維安也瞧見客廳裡的景象。他嘴巴一閉，將長篇大論都嚥回肚子裡。

兩名神使呆站在樓梯上。

客廳裡的窗簾是完全拉上的，掩得密密實實，就連天花板上的吊燈也沒有亮起燈光。可是即使如此，那處空間依然亮如白晝。

有抹苗條人影此時正盤腿坐在地板上，一腳還纏著綳帶，直到小腿肚的位置；腿上則是擱著平板電腦，平板旁環立著五張圖像投影。

而在人影身周，或者說整個客廳裡，更是懸浮著無數大大小小的光屏，螢幕內各是不同的影像充斥閃動。

不單是這樣，就連視線可及之處，包括長桌、沙發、地板，也被難以計數的紙張佔據。乍看之下，一刻還以爲自己客廳變成了一座小型的基地要塞。

「早安啊，你們兩個起得比我想像的還要早呢。」削著薄薄短髮的少女就像早察覺了動靜，從平板螢幕中抬起頭，鏡片後的貓兒眼被光芒輝映得亮晶晶的，嘴角勾起了狡黠的笑意，「人家說早起的鳥兒有蟲吃，你們倒是有狐狸可看了。」

狐狸？一刻和柯維安對視一眼，幾乎是下意識，他們腦中立刻跳出一個名字。

「胡十炎？」

「狐狸眼的？」

兩名男孩同時喊了出來，只是喊出的人名大不相同。

「嘖嘖，我就說你都被當成狐狸了。安萬里，我看你就趕緊換個種族，加入我大妖狐族吧。」稚氣卻顯露霸道的童聲說道。

「請恕我嚴正地拒絕呢，十炎。一日爲守鑰，終生爲守鑰。」溫文儒雅的沉穩男聲接著回應道：「還有維安，你剛是不是不小心喊錯了稱呼？嗯？」

「沒有的事！副會長，你一定、絕對、百分之兩百聽錯了！」柯維安彷彿從那溫和的音節中感受到不祥的黑氣散發出來，忙不迭地改口說道：「我對副會長你的敬意如滔滔江水，綿延不絕，對老大的也是！是說，以重傷患來講……副會長你的聲音未免也太過有精神了吧？說好的虛弱、無力、嬌滴滴呢？」

「媽啦，最後那個是啥鬼？而且你的重點根本完全錯了。」一刻鐵青了臉，手肘往身後的柯維安撞去，「學長有精神是好事，你嫌棄個屁！」

「小白，你不懂啦。他一有精神，就越會展現出他內心是黑的一面……等等，暫停一下！」柯維安霍地意識到一件更重要的事，他催促般地推著一刻急急下樓，一到達客廳，連忙四下張望一番。

確定任何角落都沒躲著可疑的人影後，他驚疑地拉高了聲音，「所以老大和副會長，你們到底是在哪邊講話的？」

「哎哎……」范相思搖頭嘆氣。她抓過身邊的餅乾放進嘴裡，一手靈活地在平板上點按。

下一剎那，遍布客廳的無數光屏驟然捲起，像一條條光絲飛入平板螢幕當中，僅有兩面離范相思最近的螢幕還留在原地。

范相思手指往空中一抹劃，光屏放大，讓人可以清楚看見裡頭的身影，赫然就是胡十炎與安萬里。

由兩人的背景來看，似乎身處不同地方。

胡十炎姿勢豪邁地坐在寬大的皮椅內，兩條腿擺在辦公桌上。安萬里臥坐在床上，靠著牆，半邊身體隱於薄被製造出的陰影中，看不清恢復情況。但從他能有精神地與人對話這點來看，顯然有所好轉，已經不若那夜一刻他們目睹的蒼白虛弱。

就算是老愛腹誹安萬里心黑的柯維安，也忍不住暗暗地鬆口氣，浮上了幾縷安心。

「靠過來一點吧，小心別踩到我的資料，踩皺一張罰一百。」范相思朝兩名男孩招手。

一刻和柯維安望著幾乎沒立足點的地板，有默契地一起搖搖頭。

范相思頓時咂下舌，面上浮現露骨的惋惜。

見狀，一刻不禁黑了臉。幹，所以擺明就是想扣我們的錢是吧？

「別欺負小朋友，范相思。」安萬里總是在最適當的時候為小輩伸出援手。

似乎也惦記著安萬里終究是一名傷患，范相思嘴上耍弄了一刻他們幾句後，便將話題切了回去。

「我和老大、安萬里是在討論小語的事。噢，還有你們的事呢，柯維安。」

「我們的事？」被點名的柯維安無端生起不祥預感，「妳特意叫我名字，鐵定沒好事……不，先說完小語的部分好了。小可說，昨夜開發部突然打電話叫人回去。老大，是有什麼事要這麼十萬火急嗎？難道說……」

柯維安停頓了下，在多道目光注視下，大膽提出了自己的假設，「跟小語自身的種族有關嗎？」

「差不多就是那樣。」胡十炎也沒有多加隱瞞的意思，直接對小輩們吐實。

「那位金牛星大人篤定冬語是妖，而我這正好又重新找到了當初冬語出生時，那些將她保護著的結晶體。中間的過程就先省略吧，下次再叫范相思告訴你們。當初也不是沒想要弄明白冬語的種族，但一直拿捏不準方向……現在有了準確的方向和線索物，紅綃他們部門的勁頭可都上來了。」

「聽說已經準備好要熬上一個月的夜。」安萬里笑笑地插口，「我雖然在休養，也是會聽見一些消息的。」

「基本上，冬語那邊不用擔心。流程大致就和當初那隻小半妖待在公會時，接受的差不多，頂多速度會再慢一點，畢竟帝君人回天界去了。」胡十炎像是惋惜地說，但臉上並沒有絲毫傷腦筋的表情。

對他而言，既然秋冬語確定是妖族，他們這些當妖怪的就更該自己努力調查，總不能老是依賴他人的力量。

況且，胡十炎對紅綃和她的團隊很有信心。

「好了，冬語的事講完了，再來換你們的事了，柯維安。」胡十炎彈下手，一簇金黃焰火頓現，隨後組成兩個線條流暢的字體。

黑家。

「黑……不對吧！黑家跟我和甜心有什麼關係？」柯維安大感冤枉，「老大，你不能因爲我和那個什麼黑什麼令的倉鼠星人成爲朋友，就把跟黑家有關的事往我身上……等等。」

說到一半，柯維安驚覺到不對勁。他眨眨眼睛，看向公會裡的三名上司。

黑家和他們神使公會本就沒什麼往來，既然如此，老大這個時候提起他們……

不等柯維安理出個頭緒，胡十炎乾脆俐落地給出答案。

「黑家特地聯絡公會，希望我們公會的幾個年輕人能接受他們的邀請，到他們家別墅度個假。」胡十炎手指再隨意地往空中一勾，金耀的火焰字體消失，和火焰同樣熠亮的金眸嘲弄地一睨，「應該不用我提醒，他們想邀的幾個年輕人，是指哪些小鬼頭吧？」

「黑家家主好像很在意自己的兒子能不能成功邀請到朋友呢。」安萬里補上這一句。

「媽啊，那位伯父也太拚了吧……還做到這種地步……」柯維安瞠目結舌，可總算理解過來，爲什麼胡十炎會說和他們有關。

嚴格來說，是和自己有關才對。

就在昨晚，黑令突如其來地打了通電話給他，提出令人大感意外的邀約。

「但我明明有說今天再給回覆啊，今天都還沒過耶。」柯維安不免嘀咕幾聲。

「估計是怕你們這邊拒絕，才另外又向公會示好。黑石平那麼在意，也不是不能理解。

誰教黑令的交際能力值基本上是負的，人際關係就更不用說了。要我打成績，只會落得慘不忍睹呢。」范相思聳聳肩膀，做出個苛刻卻又不失中肯的評斷。

她曾隱瞞過身分當了三年狩妖士，大抵知道在年輕一輩的狩妖士眼中，那名黑家下任家主的候選人，完全就是一號令人不想與之相處的棘手人物。

「哪，柯維安。黑家家主都親自打電話了，你們是去呢？還是不去呢？」胡十炎放下雙腳，擺出較為正經的坐姿，金眸直視著娃娃臉男孩。

「唔……不去吧。」柯維安下意識望了一刻一眼。他昨夜忘記將這事拿出來和眾人討論，可是他認爲一刻的看法應該會和自己一樣，「小白也沒有想去的意思吧？都這種非常時期了……」

「啊。」一刻簡潔地回了一聲。

「原來如此，我明白了。」胡十炎摸摸下巴，下一秒便把視線轉向范相思，「范相思，妳負責決定吧。」

「靠！那老大你又何必問我們啊！」柯維安不敢置信地蹦跳起來，覺得自己被耍了。

「因爲我是你老大。」胡十炎獨裁地宣告，一句話堵得柯維安只能張著嘴，啞火一樣。

「還有，因爲本姑娘是你們的直屬上司。」范相思笑吟吟地再補一刀，無視兩名年輕神使一臉「我不想再跟你們說話了」的表情，「要知道，上司可是種獨斷專橫的生物。所以啦，你們這票小鬼頭就去吧。」

在吐槽「妳那發言簡直是對不起所有的好上司」和「爲毛是得出這種結論」之間猶豫了一會兒，柯維安轉頭毫不遲疑地選擇了後者。

「爲毛妳會得出這種結論？」柯維安震驚地喊，看著范相思的眼神就像在看一個披著人皮的外星人，「妳不是向來物盡其用、人盡其才、女人當男人用、男人當畜牲用嗎？竟然會主動叫我們去度假？這不科學！」

「首先，那理論是灰幻在用的。」范相思糾正道，「其次，可以讓黑家欠人情的事，我爲什麼不做呢？再來，我覺得你們在家裡實在太礙事了，會讓我無法盡情地使用這屋子的所有空間。你們看，我的資料都只能可憐地擺在客廳裡而已。」

「……這、裡、是、我、家。」一刻面無表情、咬牙切齒地說，只可惜被范相思忽視得很徹底。

「總結來說，我需要足夠的空間做事。而你們，正好能到遠一點的地方進行封印的調查。」范相思察覺到一刻和柯維安皆露出了茫然，彷彿不能理解她所說的。她彎起唇角，「我明白了，黑令沒說明他們家的別墅在哪吧？非常剛好，就在潭雅市裡面呢。」

「潭……潭雅市？真的假的？」柯維安大吃一驚，「這未免也太剛好了吧？」

「呆子，世界有時候比你想像的還要小。」胡十炎抬高下巴，氣勢倨傲，「在你們上去收拾行李、順便叫醒其他人之前，先聽好了，黑家那邊十點整會派車過來接，你們可別拖拖拉拉的。」

「老大……你這說法完全暴露了吧？你早就答應黑家了對不對？」柯維安抽了一口氣，決定據理力爭，「我們的人權呢？」

「你哪時候產生你有這種東西的錯覺了？」胡十炎輕描淡寫地回道，接著浮現出他影像的光屏一暗，似乎是表示對話已結束。

「維安乖，夢話有時候在夢裡說比較好。」安萬里溫和地微微一笑。

只是那笑顏烙印在柯維安和一刻眼中，都只覺得黑氣繚繞。

這份感覺即使在光屏裡的人影隱沒，也久久未曾消散。

「小白……我們的上司，真的不是人。」柯維安萬分沉痛地指控。

「他們本來就不是人了。」一刻木然地說，「是妖怪。」

「不要把本姑娘算進去，我好歹是個劍靈。接下來的解釋就交給你們了，本姑娘要繼續忙囉。」范相思笑容可掬地衝著一刻他們眨眨眼，潔白的指尖在平板上一飛劃，無數光絲剎那間如噴射的煙花飛出，重新展成光屏環列在客廳裡。

范相思不再分出注意力給外界，一頭栽進了自己的工作之中。

一刻和柯維安只能大眼望小眼。接下來的……解釋？什麼解釋？

下一秒，兩名男孩就像猛然意會到什麼，不約而同地飛快轉身。

不知什麼時候，樓梯間已待著一大一小的兩抹身影。

蔚可可滿臉困惑及驚歎，目光瞥瞥范相思，又瞄瞄一刻和柯維安；符芍音面無表情，兩指併起，以著一個瀟灑的手勢向底下的人們道早安。

最後，是蔚可可遲疑地問出口。

「那個……我們有錯過什麼嗎？」

一刻和柯維安對視一眼，兩人異口同聲地重重嘆口氣。

「……可多著呢！」

□

黑家派來的專車相當準時地抵達。

目送著包含冷著臉的曲九江在內的一票年輕孩子都上了車，范相思笑吟吟地朝司機揮下手，表示他們就麻煩多照顧了。

似乎事前已被叮囑過，就算面前是名看似高中生年紀的少女，司機也不敢有所失禮，恭恭敬敬地向她道別之後，這才幫忙將廂型車的車門拉上，自己也坐回了駕駛座的位子。

當車屁股消失在自己視野內，范相思伸伸懶腰，轉身返回屋子裡。

人數從六驟減成一的屋裡，頓時變得格外冷清。那些熱鬧彷彿隨著一刻等人的離開而消散，寂靜重新籠罩了這個家。

范相思也不在意，她原本就不是怕寂寞的性子。她現在的重心全放在把握時間，儘可能地將安萬里提出的線索比對出一個相符的結果。

「宮一刻他們大概會去個一、兩天，他的堂姊和堂姊夫則更晚才會回來……要努力加把勁才行了啊。」范相思一邊給自己鼓勵，一邊回到窗簾皆拉得密實的客廳裡。她拖著單腳，一屁股坐回圍繞著眾多補給糧食的位置。

只見范相思的指尖往平板其中幾處點按一下，霎時，離她最近的兩面光屏跳換了影像，潭雅市市景一角隱去，取而代之的是先前曾出現過的兩道身影。

胡十炎和安萬里就像毫不意外收到范相思這方的通訊，兩人的神情看起來更像早已做好了準備。

「哎？」范相思的身子忽地往前傾，宛如在確認兩邊光屏內的背景，接著鏡片後的貓兒眼滑過恍然，「老大，你也在安萬里的房間了？那你走到他那邊吧，省得我還要多浪費一面螢幕，那多不划算。」

「嘖，妳難道不知道要單獨入鏡，才能夠充分展露出我的狂霸酷炫跩嗎？」胡十炎咂咂嘴巴，一臉的不滿意。

「如果你給我這個，我一定立刻說知道囉。」范相思笑得狡猾，食指和拇指圈成一個意味深長的圓。

胡十炎果斷地跳下椅子，大步走向臥坐在床的安萬里，拒絕再讓公會的執行部部長有敲詐自己的機會。

「哎呀，眞小氣。」范相思將失去通訊對象的光屛切換成原來的畫面，手指在膝蓋上敲了敲，「老大，你這是去探病的意思嗎？」

「總要來確認一下這老妖怪是不是還活著，免得沒聽見他的遺言是什麼。」胡十炎的臉蛋天眞，吐出的話可是不留情又辛辣得很。

「我想想，大概是不要進去我的珍藏室之類的吧。」相識數百年，安萬里早就熟知胡十炎的性子，對方的毒舌下是包裹著對同伴的關懷，因此他也不以爲意，反倒配合著認眞回應。

只是馬上換來胡十炎犀利的吐槽，「說得像你在這之前，都有讓其他人進去過一樣。雖然本大爺可是一點也不想踏進那裡一步。」

「公會裡有不少人都在賭，安萬里你的珍藏室裡是不是藏著蒼井索娜的充氣娃娃？究竟答案是什麼，不如先告訴我怎樣？」范相思眨眨漂亮又看似無害的貓兒眼。

「所以妳是做莊的那個。」安萬里使用的是肯定語氣，他微微一笑，「我的答案是，妳猜呢？」

「太沒同事愛了哪……」范相思彈下舌，倒也沒有追問下去。一旦安萬里搬出那張笑臉，誰也別想從他嘴裡撬出一句話。「說說正事吧，那群小朋友們都放假去了。不過為防萬一，我還是偷塞了一片劍影到宮一刻的褲子口袋裡，真有什麼不對勁，我這邊也能知道，就是兩邊連上線可能要花點時間。」

「那麼，妳這邊還需要支援嗎？人手不夠的話就儘管開口。」胡十炎指尖一摩挲，身下即刻竄冒出數道金芒，組構成一張華麗的椅子。他整個人往椅背靠，雙手交握為塔狀。

和稚嫩的外表不同，那雙金澄色澤的眸子底處此時盈滿深沉和智慧。即便他的人形樣貌總容易讓人產生誤解，但也不會改變一項事實。

——他是名年逾六百歲的六尾妖狐。

胡十炎勾起威凜的笑容，「我可以派我的眷族大軍出動。」

「倘若我理解得沒錯……老大你這兒指的眷族，是野貓，而不是西山的妖狐族吧？」

「反正貓跟狐狸都是同科，皆為我的眷族，有什麼差別嗎？」

差別可大了，簡直是天差地別！安萬里和范相思從彼此的眼神裡讀到共同想法，他們一人搖搖頭，一人攤攤手，都明智地不對胡十炎的錯誤觀念發表意見。

想要說服他們老大，狐狸其實是犬科動物，就像叫人相信太陽是打從西邊出來的一樣困難。

「怎麼，有啥問題嗎？」胡十炎揚高眉毛，就算沒發現到身後安萬里的小動作，范相思的一舉一動可不會被他忽視。

「事實上，還眞的有。」范相思坦白道：「老大，八金的族人也都聽我命令，聚集在潭雅市了。烏鴉和貓可合不太來，就還是別在別人的城市裡引發貓鳥大戰比較好。」

彷彿是在呼應范相思的話，大多數光屏畫面驀地拉近視角。高樓上、街道上、樹梢上……隨處都能見到一隻隻烏鴉棲停一角，黝黑的眼珠凶猛銳利，宛若在等候獵物出現。

從胡十炎他們那一方，自然也能瞧見部分光屏上的影像。

「行，那就妳那邊多盯緊一點。」胡十炎也不拖泥帶水，「眞應付不來，就聯絡公會。各座城市裡幾乎都有留下里梨的空間點，就算不能馬上趕往問題中心，起碼還可以利用她的空間到達同一地區，時間上就能大幅度縮短。」

「這部分你放心好了，老大，一旦應付不過來，我一定會大聲呼救，絕不會多加客氣的。」下一秒，范相思話鋒一轉，向來掛著氣定神閒微笑的面容上，也染上了幾分嚴肅，「關於符廊香身上的『情絲』力量來源……有著落了嗎？」

聞言，胡十炎和安萬里的眼神亦變得凌厲。

符廊香能從乏月祭中逃脫出來，原本就大出眾人意料。然而更令人震驚的是，那個身上擁有雙重污染的鬼偶少女，居然還獲得了「情絲一族」的力量！

安萬里和范相思猶然記得那一夜，在利英高中裡，那名少女惡毒又顛狂的大笑。

「因爲我吃掉了！維安哥哥，我吃掉符邵音的骨灰，我吃掉你最愛的傾絲的骨灰，獲得了情絲一族的力量啊！」

即使時至今日，范相思依稀還能感受到其中無止盡的深深惡意，如同一潭漆黑的泥沼，要把人死命地捲扯進去。

但就算符廊香聲稱自己吃掉了傾絲的骨灰，符家那方傳來的消息卻是截然不同。

他們堅持前任家主的骨灰被安置在一處安全隱祕之地，並未遭到絲毫摧毀，也沒有任何外來者試圖入侵的痕跡。

不論公會確認幾次，得到的答案都是一樣。

就連現任家主符芍音也給出保證。

「如果符家的小家主沒有說謊，那麼就是符廊香在說謊了。」范相思慢條斯理地說，「根據灰幻告訴我的，小姑娘是値得我認識的人，我不認爲她會在這種事上撒謊。」

「可是符廊香展現出的『情絲』力量也不假。」胡十炎提出了最關鍵的地方，「老狐狸，你們不是都親眼見證過了？情絲在符家就已被消滅。現在的重點是，如果傾絲的骨灰仍然安好無缺，那麼……」

「她吃的，到底是哪一位情絲族的人？」安萬里低聲地說，「十炎，假使我們想弄明白的話……」

「就只能想辦法親自證實了。」胡十炎站起身，前去打開安萬里的房門，氣勢威嚴地朝外頭喊了聲，「甲乙、丙丁，去通知紅綃和惠先生，要他們到我辦公室，順便做好要出遠門一趟的準備！情絲一族，勢必得再拜訪一次了。」

胡十炎在「拜訪」兩字上咬得格外用力，縮窄成針尖狀的金瞳銳利如刀。

下一剎那，應當空無一人的走廊上，霍地平空躍下兩道小巧人影。

有著毛茸茸耳朵和尾巴的兩名貓男孩屈膝領命，整齊嘹亮地喊道：

「喵，遵命！」

第四章

一刻家位在潭雅市的東岩區，較偏市中心；而黑家的別墅則是座落在東原區。東岩和東原，雖然僅有一字之差，但兩邊的位置可說隔了十萬八千里。

潭雅市是一座佔地極爲廣大的城市，但外地人可能不清楚，潭雅早年是有縣與市之分的。之後經過縣市合併，才能成爲如今眾所皆知的潭雅市。

東岩區就在原本的市區裡，但東原區卻是在當初的潭雅縣，兩地距離以開車來算，不花個一個半小時是到達不了的。

一個半小時的車程，說長不長，說短也不算短。

曲九江乾脆拉低帽子，誰也不甩地進入假寐狀態。

柯維安情緒出乎意料地也不高昂，一副有氣無力的低落模樣，反常得讓鄰座的一刻都要懷疑起他是不是快發燒了。

一刻甚至還忍不住伸手測了下柯維安的額頭，沒燒，很正常啊。

「柯維安，你暈車？」一刻不確定地問著，沒忘記身旁的娃娃臉男孩可是號稱能在空中轉個三圈，還有辦法成功發出手機簡訊的人物。

而且這車，其實也開得四平八穩。

似乎聽見後座的對話，司機擔憂地瞄了下照後鏡，隨後行駛速度明顯放慢不少。

感覺到車速減緩，柯維安急忙彈起身子，「司機大哥，我沒暈車的，真的！你大可以再開快一點沒關係，你技術超好，我保證！」

柯維安甚至不忘雙手交握，擺出最真誠無辜的表情，加上那張欺騙性極強的可愛臉蛋，登時就讓司機毫不懷疑地相信了。

一見車速恢復正常，柯維安馬上軟綿綿地再倒回去，腦袋還趁機擱在一刻肩膀上，彷彿剛才的有精神只是曇花一現。

「開快點比較好，反正早到早超生嘛……」柯維安唸唸有詞地說著，眼神看起來還有些渙散。

「喂，你確定你沒事嗎？」一刻皺緊眉。對方怎麼看都不像沒事，反倒跟整整一禮拜沒接觸到任何有關蘿莉、正太的事物而產生的虛弱樣差不多。

「小白啊……」柯維安哀怨地拉長語調，「我只要一想到過不久就得面對那個倉鼠星人，還得面對他那宛如來自外太空的思考模式，我就覺得全身提不起勁……嚶！和他對話簡直像在謀殺我的腦細胞大軍和耐心，更重要的是……」

「更重要的是？」

「爲什麼小芍音不願意跟我擠一起？這位子很大的，再不行也可以坐人家大腿上啊！我的大腿明明舒服又充滿彈性，我超級樂意出借的！」柯維安說到激動處，忍不住使勁地抬起頭，想讓一刻看清他臉上的悲慟之情。

結果一瞬間，響亮的聲音迴盪在車廂內。

「宮一刻、小安，你們還好嗎？」蔚可可從後座探出，看看摀著下巴的一刻，再望望抱著腦袋的柯維安。前者齜牙咧嘴，後者雙眼含淚，淚花都在眼眶裡打轉了，似乎下一秒就要掉下來。

「我他媽的……看起來像很好嗎？」一刻揉按著發疼的下巴，咬牙切齒地說道。

「嘿嘿，就問問嘛。」蔚可可傻笑地刮著臉頰。

這時，從副駕駛座飄來了涼涼的兩字，「幼稚。」

「幼你妹，你閉嘴。」一刻也不管前座的曲九江是不是能看見，直接就是祭出一記中指，接著陰森森的目光掃向了柯維安，「還有你……靠杯啊，搞半天是爲了那種鳥事在不舒服？」

「小白，那才不是鳥事，是我的人生大事啊！」柯維安大無畏地挺起胸膛，假使沒有和一刻拉開一大段距離，看起來就更有說服力了，「人家想要有小天使和我大腿貼大腿地坐在一起，再不行的話，坐甜心你腿上我也是可以接受的！」

「為毛老子是排到第二……我操！差點被你害得說錯話！」一刻黑了臉，雙手惱火地往前一伸，迅速扯上柯維安來不及防護的臉頰，將之往兩邊一拉，不客氣地把那張娃娃臉捏扯得有些變形。

「呃……我能插個話嗎？」蔚可可舉起手，待兩雙眼睛都望向自己，她認真地說道：「小安，你的發言有點變態。可是宮一刻，你的行為也很幼稚耶。」

「嗯，幼稚。」坐在蔚可可身側的符芍音點點頭，略帶嬰兒肥的小臉蛋仍是一貫的面無表情。

曾被貼上「壞」的標籤，現在又被小女孩多加上了「幼稚」，一刻臉部肌肉一抽搐，覺得自己在符芍音心中的形象估計都塌光光了吧。

幹！明明沒形象的應該是柯維安那個臭小子！

惡狠狠地瞪了聳肩竊笑的柯維安一眼，一刻放開手，生悶氣似地靠回椅背，雙手横抱在胸前，只聽到後頭突然傳來窸窸窣窣的細碎聲音。

旋即，一隻毛茸茸的粉紅色兔子玩偶從後被遞了出來。

「借，不謝。」符芍音挺了挺小胸膛，「我大方。」

這下子，一刻的臉色眞的陷入青白交錯。他瞪著那隻材質看起來滑順又柔軟的兔子玩偶，覺得接也不是，不接也不是。

接了，好像就真的被一名九歲的小丫頭視作幼稚、需要安慰的人；不接，又像不給人家面子，打擊小女生的自尊心。

尤其那雙剔透的鮮紅大眼睛還瞬也不瞬地盯著人，散發出無聲的熱烈期待。

似乎是理解了一刻猶豫的理由，符芍音拍拍自己胸口，嚴肅地再說：「不介意，真的大方。」

「噗……哈哈哈哈！」柯維安再也憋不住笑，大力地拍拍一刻手臂，「甜心，你就接吧接吧接吧，那可是小芍音的好意呢！是說，小芍音的包包感覺裝了很多東西？」

「很多。」符芍音慎重地回答，「流浪天涯小包包，哥哥少，幫忙。」

「我？」柯維安一頭霧水，那太過簡潔的隻字片語讓他一時參悟不透，只好茫然回望。

符芍音也不氣餒，像是早有準備地抽出隨身帶著的紙筆，「唰唰唰」地寫下一串字。

柯維安見了，頓時恍然大悟。

原來符芍音的意思是：哥哥帶的東西太少，有危急或遇難時，我的流浪天涯小包包就能派得上用場，幫得上忙了。

一刻、柯維安和蔚可可不由得你看看我、我看看你，最後目光不約而同地落到那個外觀鼓鼓的小背包上。

三人心裡都是同樣的想法：危急？遇難？那包包裡裝的究竟是什麼呀？

相較於後方座位間的氣氛熱絡，駕駛座上的司機卻是有些坐立不安。因爲隔壁的鬈髮青年就算拉低了帽子、看不見臉，也能充分感受到他散發的嚇人低氣壓，有如不滿自己受到冷落。

更嚇人的是，青年擱在腿上的指尖還燃灼起緋紅色的碎焰，時不時躍動、閃滅。

司機是黑家的一分子，不尋常的事也見過，但像鬈髮青年這樣特異的能力，還是頭一遭目睹。

拜託千萬別在車上釀成大火啊！司機吞了吞口水，暗自祈禱著，臉上卻不敢流洩半分慌張，只能將臉部線條繃得更緊，同時加重力道地踩下油門。

車子朝著目的地快速飛駛而去，在國道上就像是支暗色箭矢。

抵達東原區近郊時，已接近中午時分。

蔚可可貼著窗，好奇地觀看四周景象。這是她第一次來到這地方，同時也是第一次要和一刻他們口中的「黑令」見面。

在這之前，蔚可可曾從柯維安那聽過一些關於黑令的抱怨。例如道歉是送菊花賠罪，理由是黑令自己喜歡菊花。還有個性差，不能用常人的思考去衡量對方之類的……

「託他的福，我已經背下一堆菊花的種類和花語了。」柯維安碎碎唸著，「眞搞不懂，我爲毛得記那種東西嘛。」

「花語不錯啊。小安，我們女孩子通常就很喜歡花語呢。」蔚可可身子往前傾，愉快地加入話題，只不過關注的層面和柯維安截然不同，「我跟你說喔，我們班上有對班對，男生就是用花語來示愛，最後成功追到女生的。」

「眞的嗎？」柯維安馬上被分散了注意力，他雙眼一亮，興沖沖朝後轉過頭，興致勃勃地望著符芍音，「小芍音，妳喜歡花嗎？」

「雞蛋花。」符芍音一下就給出答案，「炸，好吃。」

「欸？」柯維安一呆，沒想到對方的喜歡是建立在對食欲的考量上。

「坐好，少在那誘拐兒童了。」一刻搧上柯維安後腦，沒好氣地斜睨一眼過去，要對方轉回頭。

就在這時，行進中的車輛驀地減慢速度，隨後在路邊停了下來。

柯維安摸著後腦勺，下意識扭過頭，想看是到了目的地，還是遇上紅燈。然而納入眼中的，卻是一條穿著黑色帽T外套的人影。

幾絡不聽話的灰色髮絲從帽簷下翹了出來，一張英俊，但像是覺得一切事情都索然無味的臉；還有那隨便丟在人群中，都顯得格外突出的身高……

柯維安吃驚地張大眼，他以爲黑令會在別墅裡等他們到來，沒想到竟然會出現在這個像是住宅社區的路口前。

「哇！那人看起來好高……」蔚可可難掩眼中的震撼神色，眸子睜得圓滾滾的，「腿也好長耶，比我老哥還誇張！」

司機似乎也沒想到自家少主會跑來這裡，臉上的驚詫不比後座客人們少。他趕緊想打開車門，外邊的修長人影卻已俯下身，在車窗上敲了敲。

車窗迅速降了下來，只不過司機剛要張口，就聽見一道慢吞吞的低沉嗓音說：

「我來，帶他們上去。」

在黑家工作多年的司機大致清楚這名少主的古怪性子，不敢有所怠慢和質疑，立即下車幫車上客人們拉開車門。

臨走前不忘客氣地對著一票年輕人笑笑，祝他們這幾天玩得愉快。

一刻等人也相當有禮貌地向司機道謝，包括被人暗中使眼色的曲九江。

等到車子駛離，柯維安馬上快步向前，詫異地上下打量起黑令，疑問也跟著如連珠炮般飛出。

「你竟然會來迎接人？眞的假的？我還以爲你會待在你們家的別墅那，直接等著我們過去耶！」

柯維安的懷疑不是沒有根據，從他和黑令認識以來，對方展現最多的一面就是毫無幹勁和無精打采。

要黑令主動去做什麼事，尤其還是符合常識禮儀的，簡直就是比登天還難。

「你確定你沒被外星人掉包過？」柯維安開玩笑地做了個總結。

「沒遇過，外星人，所以沒掉包。」黑令還是溫吞的神情，溫吞的調子，但那雙色澤偏淺的眼瞳，卻有股天生的凌厲感，令人想到荒原上的孤狼。

黑令從柯維安那方依序往旁瞥望過去，視線一直維持在同一個高度，直到發現了一處凹陷，才將頭垂得更低，頓時和一雙宛如鮮紅玻璃珠的大眼睛對上。

「巨人族。」符芍音平板地吐出這三字。

「迷你矮子。」黑令則是不帶抑揚頓挫地回予了這四字。

然後，這一大一小間的對話就此畫上句號，宣告結束。彷彿他們倆是以這樣奇特的方式，完成了對彼此的招呼。

「……這是什麼電波系的溝通嗎？」柯維安看得目瞪口呆，不自覺扯扯一刻衣角，「小白，你有看懂嗎？」

「鬼才看得懂，別拉我……幹！你拉到我皮帶了，放開它！」一刻大力撕開緊黏自己的那隻手，眼刀像要在柯維安手上戳出個窟窿。

「沒有沒有，我絕對沒有要做什麼事的，甜心你要相信正直的我！」柯維安立刻高舉雙手，正氣凜然地說道：「不信也可以問問小可，她一定能爲我高潔、完美、坦蕩的品格做保證……啊咧？小可？」

發覺到蔚可可沒出半點聲響，柯維安狐疑地扭過頭，這時候他的好麻吉不是都會義氣地幫他說個幾句話的嗎？卻瞧見那名像小動物般的鬈髮女孩，正張口結舌地緊盯著黑令不放。

猛然想起自己還沒替蔚可可介紹，柯維安拍下額頭，連忙開口：「小可，這位個子高得不像話、根本是矮個子公敵的傢伙就是……」

「我知道，黑令對不對？」蔚可可回過神，臉上仍寫著大大的「我的天啊」這幾個字，「太驚人了，小安……他竟然比我老哥還高，我都覺得老哥高得不科學了，肯定是把我的長高基因全抽光光。」

蔚可可總認爲自家兄長的身高在東方人中已經算是很突出了，可是眼前穿著黑色帽T的灰髮青年更勝一籌。即使他什麼也不做，光是站在那，似狼的冷峻眼睛一盯著人，就散發出懾人的壓迫感，讓人不由自主地心生自己是被盯上獵物的錯覺。

不過只要再一回想起蔚商白發現自己險些成績拿紅字的表情，蔚可可拍拍胸口，還是覺得自家老哥的臉最可怕。

就在蔚可可堅定不移地替蔚商白蓋上了「大魔王」的印章之際，另一邊的柯維安也飛快地爲黑令介紹己方人馬。

「小芍音、我家甜心跟不重要的室友……咳咳，不小心語誤，絕對不是說出眞心話什麼的。這位是曲九江。」察覺冰冷如刃的眼神刺來，瞄見曲九江的唇角似乎微勾起弧度，但那弧度怎麼看都更接近獰笑，柯維安火速將稱呼改正，他可不想之後在他家小白不在身邊時，挨受火焰之箭。

要知道明槍易閃，暗箭……嗯？還是暗火？總之都很難防就是了。

「最後一位，你是第一次見到，也是我的好朋友、好麻吉，小可，蔚可可。」柯維安鄭重地爲介紹劃下句點。

「喔。」這似乎就是黑令的全部感想，就連簡單的音節也發散著毫無興趣的氛圍。

柯維安不意外，黑令要是突然滔滔不絕、表現出熱切，他就眞的要懷疑對方是別人冒充的了。

「所以，你怎麼會出現在這裡？」柯維安將話題繞回最初，還惦記著心裡的困惑未解。

「我來，帶你們上去。」黑令依舊重複這一句，彷彿這簡潔的幾個字足以解釋一切。

柯維安眼巴巴地再盯著人，想要確定黑令是不是還有句子掉落，但那雙令人想到孤狼的眼珠只是安靜地與他對視。

大眼和小眼對視了好半晌——柯維安要堅定地說，大眼睛的那個可是他。

最後，柯維安垮下肩膀，長長嘆了口氣。好吧，黑令擺明覺得自己已經全部解釋完了。

有如呼應柯維安心底的想法，黑令無預警地轉身，邁開步伐朝著上坡路段前進。走了幾步，黑令回過頭，帽簷陰影下的臉孔看起來無精打采，「你們，不走？」聲調也是慢吞吞的，彷彿中午的日陽把他僅存的精神抽離得差不多。

一刻等人一愣，隨後才明白過來，前方的帽T青年是要帶路的意思。

「好歹也先喵個一聲或吱個一聲啊，哪有招呼都不打的？」柯維安抓著背包肩帶，沒好氣地說出了同伴們的心聲。

「吱。」黑令說，像是絲毫不覺一名大男人學動物叫有什麼不妥，「需要放慢速度，就跟我說。我腿長，可能走太快。」

剎那間，蔚可可清楚地體會到，什麼叫作一開口，就拉走全場仇恨值的能力。

不單是男性們或多或少流露出不爽或火大，就連符芍音的紅眸內也燃起不服輸的鬥志。眼見大夥猛地加快速度，蔚可可也連忙跟上。她追上柯維安，指頭戳戳對方的手臂。

「小安、小安。」蔚可可幾乎是語帶敬佩地說，「黑令眞是個超有個性的人耶。」

「妳用『超』都還客氣了……」瞬間回想起眾多往事，柯維安目光飄渺地投向遠方，隨後沉痛萬分地說道：「相信我，他絕對比妳想像的還要有個性。而且通常倒楣的，不知道爲、毛、都、是、我。」

這時候的柯維安還不曉得，不久之後，他將會一語成讖。

正如黑令最開始說的，他走路速度確實挺快，尤其身高腿長的，每一邁步跨出的距離，起碼都是符芍音的兩至三倍。

但符芍音也沒喊過要慢一些，只是面無表情、小跑步地追在後頭，努力讓自己不要落後太多。

其他人不是沒想過直接抱著她一起走，然而白髮小女孩相當堅持男女授受不親的原則，除了搖頭外，還用雙手比出一個「X」。

即使蔚可可自告奮勇，也被她鄭重低頭拒絕。

最後，一刻他們乾脆達成無聲的共識。他們一群大人就落在符芍音身後，讓她位居第二的位置。

爲了讓缺乏團隊精神的曲九江配合，一刻也不客氣地使出殺手鐧——不合作，就把他喝草莓蘇打的照片寄給楊青硯。

自尊心奇高的半妖青年冷著臉屈服了。對他而言，讓自家祖父知道自己仍喜歡這種孩子氣的飲料，顯然是有失面子的。

見狀，一刻還眞不忍心告訴對方，其實楊家的前家主早就從楊百罌那知道了。珊琳還曾跟他說，楊青硯爲此還買了一大箱草莓蘇打放在家裡。

「小白、甜心。」

柯維安的叫喚拉回一刻的神智。

一刻轉過頭，打量一眼額頭冒汗、臉色泛紅、不過精神看起來仍好得不得了的柯維安，確定對方不是體力不支要他扛後，他挑起眉毛，等著對方的下文。

「你不覺得……」柯維安剛冒出四個字，就被一刻斬釘截鐵地打斷。

「不覺得，什麼都不覺得。」

「等一下，甜心！我什麼都還沒說耶，你否定得也太快了！」

「誰教你前科太多……所以你要我覺得什麼？」

「就是小芍音啊，你不覺得她小跑步的樣子，好像小白兔嗎？啊啊，超級可愛！」柯維安的眼中似乎都生成了紅色的愛心。

「你就不能多注意點別的事嗎？」一刻嫌棄地瞪了柯維安一眼，以為對方有正經事要講的自己，真是太天真。

「有啊有啊，人家注意的事可多了。」柯維安一點也不在意一刻嫌棄的眼神，滿心愉悅地和他分享起來，「像是小芍音晃來晃去的馬尾啊，小芍音的胳膊啊，還有小芍音的……」

「幹慅娘啊！結果都是符芍音嘛！」一刻鐵青了臉，一掌拍斷柯維安的喋喋不休，這聽起來根本超像變態偷窺狂的。但他無意中放大的音量，卻使得前方的符芍音頓住腳步。

符芍音微歪著頭，像是納悶地回望。在發現沒自己的事後，又繼續「噠噠噠」地小跑步起來，雪白的長馬尾也重新富有節奏感地一甩一晃。

「甜心，小芍音簡直就是天使有沒有？」柯維安用力抓著一刻的臂膀搖晃。

一刻承認符芍音的一舉一動的確很可愛，但不代表他就要忍受柯維安的興奮勁。

馬的，那小子把指甲都掐進來了！

就在一刻忍無可忍，蠢蠢欲動的拳頭就要抬起之際，蔚可可驀地也出聲了。

「我也覺得芍音像小白兔，因爲皮膚白白、頭髮白白，又是紅眼睛。可是啊……」蔚可可的語氣出現了一絲遲疑，「宮一刻、小安，這樣從背後看芍音和黑令的腿長差距……感覺像是小柯基追著杜賓犬……」

一刻和柯維安反射性想像了那畫面，緊接著一股罪惡感重重地擊中兩人心頭。

「柯維安，現在立刻想辦法讓黑令走慢一點，還不能做得太明顯，以免被符芍音察覺。」一刻低聲嚴厲地命令。

「等一下，小白，爲毛是指名我？曲九江也可以的，他看起來超閒！」柯維安壓低聲音抗議。

「廢話，因爲他不是符芍音的哥哥，也不是黑令的零食金主。」一刻一針見血地堵住了柯維安剩下的辯駁。

柯維安張著嘴，想要重申自己只立志要當全世界小天使的零食金主，餵養一隻超規格的巨大倉鼠，才不在他的計畫內。

但面對著一刻「你去不去」的凶狠眼神，柯維安當下拜倒在那份凶惡又凜然的魄力下。一邊想著他家甜心眞是個罪惡的男人，柯維安一邊三步併作兩步地追上黑令。

只不過在柯維安準備好任何說辭之前，黑令竟出人意料地先停步了。

「欸？」柯維安呆了呆，自認還沒修練出和人心電感應這項技能，更遑論黑令的電波壓根就是在頻道以外。

可下一瞬，柯維安就發現黑令停駐之處，有著一幅驚人的景色。

「這……這是……」柯維安驚訝地睜圓眼，倒映眼中的是座綑著鎖鍊、上頭鏽跡斑斑的黑鐵大門。

本該精緻的雕花，被那些暗色的鏽斑破壞了美感，門後是一大片繁花盛開，各色花朵或是團簇或是四散，強勢佔據眼所能及的每個角落。

從它們毫無節制的瘋長姿態來看，就知道它們和定期有人照料、修剪的植物截然不同，是在這裡被放任自然生長的。

而從大門和圍欄的間隙望進去，還可以窺得在這片翠綠與繽紛色彩的環繞中，還矗立著的白色樓房一角。會說是一角，是因爲白樓外表大部分都被藤蔓侵爬佔領，僅有部分裸露在外，勉強還能讓人想像出原來建築物的樣貌。

由此可見，這是座荒廢許久的西式庭園，裡頭恣意生長的樹木花草取代了人煙，感受不到一絲人氣的存在。

可即使如此，它的存在感依舊強烈。層疊綻放的繁花更是替這處廢棄之地，渲染出幾分獨特的頹敗與華麗。

一刻等人紛紛跟上，他們對這座庭園大多露出了訝色。

「唔哇！花開得好驚人……」尤其蔚可可的反應最大，驚歎之詞不假思索地溢出，「有杜鵑、九重葛、爆竹花、朱槿……啊，還有長春花跟馬櫻丹。」

「妳居然認得出來？」一刻吃驚的視線換落至蔚可可臉上。在他看來，那就是一堆顏色不同的花，基本的還叫得出名字，但也就杜鵑和九重葛而已，不像蔚可可張口就能唸出一大串。

「嘿嘿，我很厲害吧？」蔚可可的笑容裡滿是得意，「就說人家是天才美少女了嘛。」

一刻默默將稱讚吞回去。還沒誇就這樣了，一誇下去，這丫頭的尾巴肯定都要翹起來。

「雞蛋花。」符芍音伸出手指，強調地指出自己認得的種類，「好吃。」

「小芍音，妳是肚子餓了嗎？」柯維安動作快速地從背包裡抽出幾根棒棒糖，往符芍音手中塞，「沒關係，我早就準備好許多零食。都給妳，都給妳……嗯？什麼？」

「他說，他也要。」符芍音的白皙指尖指著柯維安身後。

柯維安轉過頭，對上了黑令湊得極近又毫無幹勁的臉。

「我靠！」柯維安被乍然接近的高個子身影嚇了一跳，可旋即他就像是不敢置信地瞪著黑令，「等一下！你剛明明沒有開口吧？爲什麼小芍音能知道你在想啥？這太沒道理了，要和小芍音心靈相通的，不該是我這個颯爽系美少年嗎？」

「颯爽個屁，你是想用一堆亂七八糟的思想去殘害人嗎？」一刻聽不下去了，眼刀子瞬間捅刺過去。

「太過分了，小白，難道我在你的心目中是這種人嗎？」柯維安哀怨地按著胸。

「就是這種人。」一刻二話不說地給出回答。

這下子，柯維安的哀怨變成了傷心欲絕。

柯維安哭喪著臉，心不甘情不願地再抽了一根棒棒糖給黑令，但倏地又收住。

「我忽然想到一個問題……」柯維安乾巴巴地說，「雖然，應該不可能吧？不過黑令，你在這裡停下，不會這裡就是你們黑家的……呃，別墅吧？」

「當然。」黑令平淡地吐出讓眾人大驚失色的兩個字，然後十幾秒過去，另外兩字才慢悠悠地跟著再落下，「不是。」

「媽啦，你就不能再乾脆點說完嗎？這次停頓未免也停太久了！」柯維安像是洩恨般將棒棒糖戳向黑令的臉，只可惜他忘記自己身高不足，只能戳到對方的胸膛，「沒聽過『是男人就乾脆點』這句話是不是？別跟我說你不是男人。」

高大的灰髮青年神情淡然，他低下頭，默不作聲地拉開衣領，往內一看，接著再拉開褲腰，最後抬起頭。

「很肯定，是男人。」黑令不帶起伏地陳述，「既然是男人，就表示，我很乾脆。」

柯維安被這詭異的邏輯驚得呆了，原本的能言善道在面對黑令時，往往就像撞上一堵堅硬的牆，完全發揮不了效用。

柯維安下意識地望向一刻，卻見白髮男孩一臉「溝通的事全交給你，別找我」的堅定表情。

蔚可可也用力地搖著手，表示自己沒辦法理解黑令的思考模式。

「我。」符芍音信心滿滿地上前一步，但馬上被柯維安阻止了。

「不不不，要是小芍音妳和那外星人溝通無礙的話，哥哥我真的會傷心死的。」柯維安忙不迭地勸退著白髮小女孩，一轉頭，手上的棒棒糖加重力道地戳著黑令，「既然不是你家別墅，那你帶我們來這幹嘛？」

「不是別墅，但，是我家的。」黑令將掛在大門上的牌子翻面，登時露出了「私人土地，請勿進入」幾個大字，「這地方的人，叫它『繁花地』，是有名的地區。網路上說，邀朋友來玩的時候，不能忘記要帶他們去觀光地觀光。」

「我明白了，意思是你覺得繁花地在這裡有名，也就等於是這裡所謂的觀光地？」

「對。」

「我就再問一句……那你們家這座廢棄的庭園，爲什麼會變得有名？」

「嗯，傳聞，鬧鬼。」黑令的回答很平靜，宛如不覺得帶朋友前往鬧鬼傳聞甚囂的地區觀光，有哪裡不適當。

「……你到底是從哪裡的網站上學來的？」柯維安瞠目結舌。

「小白，我可以走了嗎？來這裡眞是愚蠢極了。」曲九江不耐煩地拉拉帽簷，午後的悶熱，以及和不熟的人一塊出門旅遊，大幅度消磨了他的耐性，和助長他的煩躁，「與其看這種鬼東西，倒不如去看楊家的庭院。不止比你家大，也比這裡好看太多了。」

我操！我家比你家小究竟是哪礙到你了？一刻的青筋克制不住地迸冒，怒火轉瞬間蓋過對黑令認知的震驚。

正當一刻想不客氣地反擊回去時，眼角處卻冷不防捕捉到一截紅影。

那紅鮮艷奪目，在日光下宛若鮮明流火，像要灼痛人的眼。

什麼？誰？一刻一凜，反射性扭過頭。

霎時，烙印在視網膜內的，赫然是一道朝遠方奔離的嬌小人影。從體型來看，就像是未發育完全的小女孩。

然而最引人注目的，莫過於那隨著奔跑飄蕩起來的鮮紅衣角、裙角，以及遮覆住髮絲的同色長頭紗。

乍看之下，就眞的像是一團被賦予生命力的流動火焰。

而在艷麗的緋紅中，又夾雜著幾縷淡金晃曳……

可下一轉眼，那同時也令人想到披著紅嫁衣的嬌小人影，瞬間就消失得無影無蹤，恍如只是一場秋日午後產生的幻覺。

一刻眨眨眼，再眨眨眼，前方路徑上依舊空無一人，唯有隱約熱氣自柏油路上冉冉蒸騰升起。

「宮一刻，怎麼了？你怎麼盯著那裡看？」蔚可可霍地拍上一刻的肩膀，卻看到對方表情複雜地回過頭來，彷彿目睹了難以用常理形容的現象。

「宮一刻，你的表情好像見鬼了。」蔚可可開玩笑地說。

一刻只是不吭聲，反倒是蔚可可的笑容有些僵硬，進而轉爲緊張。

「等、等等！你該不會眞的看見什麼了？」鬈髮女孩瞪大那雙小鹿般的眼眸，緊張地追問道：「宮一刻，你不要不講話，你這樣會讓我胡思亂想的啦，人家前天才和小語一起看完鬼片而已耶！」

蔚可可說到最後，再也忍不住地哇哇抗議起一刻這種像是在吊人胃口的行爲。

一刻無言以對地翻翻白眼，難不成要他說，他就是看見了一個疑似會走動的3D現實版阿飄嗎？

一刻可不認爲自己是眼花才產生了幻覺，他忍不住想起黑令提到的鬧鬼傳聞，不知道兩者間是不是有什麼關聯。

不過不管怎樣，都希望別和他們這趟度假扯上關係。

就在蔚可可的想像力無法控制地要橫衝直撞時，她的手指被人輕輕拉扯一下。

「紅衣。」符芍音仰著頭，平靜敘述，「出現、消失。」

縱使符芍音吐出的隻字片語仍簡短得過分，可這一次，蔚可可卻也聽懂了。那張俏麗的臉蛋刷上幾分蒼白，大眼睛淚汪汪的。

蔚可可絕望地想：完蛋了，她的想像力眞的要像脫韁野馬，狂奔不回頭了……芍音給的關鍵字實在太具體了！

紅衣服……在鬼片裡沒有意外地都是厲鬼身分啊！

「振作點，上次活像是末日怪物片的場景都撐過來了，鬼片還怕什麼？想想妳哥的臉不就得了？」一刻看不下去地訓話，大掌則是拍上蔚可可的腦袋，看似粗魯但實含關心地揉揉她的頭髮，「先看那方向吧，那裡好像有人……是眞的人啦，沒看到有影子嗎？」

一刻說的那方向，是黑令和柯維安的前方。

當人影甫一闖入他們視野，他們就發現到了。只是和黑令平淡到像不感興趣的反應相比，柯維安卻是注意到，那條人影在和他們對上視線後，腳下步伐霍然加快，由走變成了奔跑。

那人很快就跑近柯維安他們眼前，可以清晰無比地看見他的相貌。

那是一名看似十六、七歲的黑髮少年，髮絲末端微鬈翹成不規則的弧度，眉眼溫馴，白皙的臉龐上有著不明顯的些許雀斑，身上還套著一條像是匆忙間忘記摘下的黑色長圍裙。在暗色相襯下，更對比出他暴露在短袖襯衫外的膚色，以男性來說過分偏白。

少年喘著氣在黑令身前站定，他微彎著腰，急促地呼吸幾下後，才像緩過來般直起身。

「終於找到你們了，少爺和少爺的朋友。」少年一抬起頭，就衝著眾人露出一抹親切友善的笑容，舒展開的眉眼給人柔軟的印象。

雖然看起來年紀輕輕，卻有股超脫高中生的恬淡氣質，讓人下意識感覺他是名好相處的人。

「啊，沒想到還有位小小姐。」少年的笑染上幾分驚喜，他在符芍音面前蹲了下來，態度和善地伸出手，「妳好。」

「你好。」符芍音臉上看不出顯著的表情變化，她也像個小大人般伸出手。

少年眼角笑意加深，絲毫不因眼前的小女孩是白子身分，就流露出驚異的目光。

「你們黑家的人？」柯維安小聲問著黑令。

「不知道。」黑令的回應卻讓柯維安忍不住用力瞪著他。

「喂，人家都喊你少爺了。」

「你會去記，你們學校所有人的名字嗎？」

「當然不會……靠，你竟然用了好像很有道理的理由說服我了，天要下紅雨了不成？」

「沒下雨，雨也不是紅的。」

「……我不想跟你說話了。」

似乎留意到黑令和柯維安那方的竊竊私語，或者說只有柯維安單方面特地壓低音量，黑令只是一貫的低沉聲音，黑髮少年猛然憶起尚未自報身分，臉上頓時浮現出歉意。

「眞的很不好意思，是我疏忽了。我都忘記先向大家自我介紹，我姓薄。」少年手指併攏，貼按上心口，墨黑的眼笑得微眯起。從繁花地欄杆後鑽冒出來的植物枝葉像倒映進他的眼瞳中，在裡頭添上幾抹綠影，「薄忍秀，請各位少爺、小姐喊我忍秀就可以了。」

「那個！」柯維安和蔚可可差不多異口同聲地喊，其中蔚可可還把手舉得高高的，像是急欲發表意見的小學生。

沒想到會有另一人和自己同時開口，柯維安和蔚可可彼此對望了一會兒，兩雙大眼睛都在用眼神禮讓對方，要對方先說。

最後先出聲的人是一刻。

「可以不要喊小姐、少爺什麼的嗎？」一刻眉宇像要擰出個結，「聽起來很不習慣。」

聞言，柯維安和蔚可可也不用眼神交流了，有志一同地連連點頭。

「這樣嗎？我明白了。」薄忍秀像是沒料到會是這要求，先是一怔，接著又親切地笑開來，「其實本來負責接待的是我母親，黑家的人都喊她柳姨，黑令少爺應該也見過她的。」

黑令毫無反應，灰眸冷冷淡淡的。

「不過她忽然身體不舒服，所以就換我來了。」薄忍秀也不在意，儼然相當了解這位黑家少主的個性就是如此，「這幾天如果有什麼問題，還請儘管告訴我。」

「忍秀，爲什麼你知道我們在這裡？啊，你可以叫我可可。」蔚可可天生就是自來熟的性子，馬上不顯生疏地喊起薄忍秀的名字，俏臉上也盛綻著活力和好奇混雜的笑容。

「實際上，我是猜的。因爲在屋裡沒有等到大家，就猜想會不會在哪裡耽擱了。」薄忍秀笑笑地解釋著，「這社區最有名的就是繁花地了，我猜少爺可能會帶你們先來這看看，所以我就找來這裡，然後一下就看見你們了。」

「唔哇，眞不好意思，還讓你特地跑出來。」蔚可可頓感過意不去地雙手合十，眸裡染上歉意。

「只是小事情，不用在意，況且這也是我的職責所在。」薄忍秀溫和地說，態度穩重得讓人感覺不出他僅僅是十幾歲的年紀。

光看他和蔚可可的對話，一刻都有種後者才是年紀小的那個的錯覺。

不不，想什麼呢？肯定是蔚可可平時就天兵又毛躁的關係，才讓人覺得她不成熟。一刻越想越篤定這個猜測，瞬間就把先前的念頭給拋到遠遠一邊。

這時，薄忍秀含著笑意的年少嗓音響起，「那麼，就請各位跟我到屋子裡吧，畢竟外面的氣溫還挺高的。黑令少爺、維安、芍音、可可、九江，還有一刻，希望我沒喊錯名字，我收到的通知是這麼告訴我的。」

薄忍秀的視線依序滑過每個人，最後停在一刻臉上。

這一次，一刻覺得不是自己的錯覺。

薄忍秀盯著自己看的時候，眼底處的愉快鮮明得像要滿溢出來。

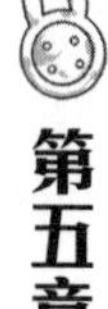

第五章

薄忍秀認識自己嗎？

不，他的言行舉止，看起來就像是對待陌生人。

既然如此，他眼神代表的意義到底是……

一刻想不透，可是對方沒有惡意這點，他卻是能夠肯定的。

在這方面，一刻的直覺向來很準確。

持續納悶的情形下，一刻及其他人仍跟隨著薄忍秀，前往黑家別墅。

別墅原來就在繁花地再往前一些的路段，也是距離繁花地最近的一幢歐風建築物。

和氣勢十足的壯麗外觀相比，別墅內的布置出人意表的竟是走粉色系浪漫風格。

不論是家具的色彩，或是垂在窗前的白色蕾絲窗簾，都透出了幾許夢幻。就連吊燈也採用別緻的造型燈架，燈光則是柔軟的鵝黃色，還能見到許多可愛的動物抱枕躺在沙發上。

「聽母親說，這似乎是夫人的喜好……」薄忍秀輕咳一聲，替眾人介紹，「初次到訪的客人可能都會有點不習……咦？」

在見到一刻等人臉上全然沒有顯露預期中的驚愕表情後，薄忍秀反倒湧上了困惑。

他第一次踏入這屋子時，就曾結結實實地吃了一驚，以爲是來到哪位高中女生的房間，但一刻他們看起來彷彿見怪不怪，習以爲常了。

「這個風格很好呀，而且很有熟悉感。」蔚可可笑嘻嘻地瞄了一刻一眼，「對吧，宮一刻？」

「囉嗦。」一刻怎會不知道那一眼的意思，他自己的房間也差不多是這種浪漫少女風，

「兔子抱枕很不錯。」

「兔子拖鞋也。」符芍音低頭望著腳上的室內拖鞋，稚氣的嗓音淡然，卻充滿著稱讚的意味，「屋外、屋內，叫落差萌？」

「不是啦，小芍音，這樣只能叫風格不統一。眞正的落差萌示範，在這邊。」柯維安嚴肅地糾正，雙手比向了一刻，「這邊這個才對。」

「這個是哪個啊？」一刻陰惻惻地說，大掌猛力扣住柯維安腦袋，「你他媽的是教了什麼亂七八糟的東西給符芍音？」

「才不是亂七八糟，甜心，那是我腦內的愛與正義……好痛痛痛！對不起，人家錯了啊！」

「房間在哪？」無視柯維安在旁慘叫連連，曲九江缺乏耐性地問著薄忍秀，後者頓時回過神。

「啊，是我疏忽了。房間都在二樓，我這就帶各位上去，大家放好行李再請下來飯廳，我會準備好午飯。先前就是在忙著準備食材，才會一時間忘記脫下圍裙。」薄忍秀露出一抹靦腆，邊示意眾人跟著他往樓梯走。但剛邁出一步，他還是忍不住發問了。

「他們……不用管他們沒關係嗎？我是指一刻和維安。」

「死不了。」曲九江無動於衷地哼了聲。

「放心，小安跟我一樣，都是受過訓練的。」蔚可可自信地挺起胸，「像我就算飽受老哥虐待後，還是一樣活蹦亂跳的。小安絕對也能撐住，然後像大樹一樣茁壯。」

「不，我撐不住的！小可救我啊——」柯維安嗷嗷哀號，極力朝蔚可可的方向伸出手。

「蔚可可，妳這樣說妳哥壞話，妳哥知道嗎？還有，妳的中文根本說得亂七八糟！」一刻沒好氣地吼了一聲，順便抓回那隻想求救的手。

「厚，當然是他不知道才敢說嘛。」蔚可可得意地抬高下巴，可下一瞬，驀地驚恐萬分地瞪著一刻，「等一下，宮一刻，你應該不會向我哥打小報告吧？拜託你千萬不要啦！」

「……妳的腦神經究竟是怎麼長的？這種事一開始就要注意到吧？不會打、不會打，把妳的眼淚收起來，不准用那種被拋棄的小狗眼神看著我……柯維安，你也是。」一刻板著臉，放開了箝制住柯維安的手臂，把那張娃娃臉推開一點。

被兩雙濕漉漉又可憐兮兮的大眼睛夾擊，他怕自己待會就要丟盔棄甲了。

一大步越過柯維安和蔚可可，一刻順手拎過符芍音的包包。

「這時候就別跟大人爭了。」一刻看也不看那雙意欲搶回的小手，跨步就超前至前方。

符芍音看看自己空蕩的手，再看看白髮男孩無意中散發瀟灑氛圍的背影。

「帥氣。」符芍音敬佩地說，隨即也小跑步奔向柯維安，踮高腳尖，不由分說地就是想拉下他的背包，「這時候，別跟小孩爭。」

「小芍音，妳這樣根本說反了啊……」柯維安哭笑不得地緊抓著自己背包不放，「雖然這樣的妳也超級可愛，不過行李不會交給妳的。小可，妳趕快先攔下她，我要衝上樓了！」

「哎？好，交給我吧！」蔚可可飛快地抱住符芍音。

柯維安立即往樓梯上跑，只是他沒想到，正好在他前方的高大灰髮身影會無預警停下，使他當場煞車不及，重重撞上那件黑色外套，鼻尖則是像要被底下的結實肌肉給撞扁了。

「靠靠靠，黑令你為毛突然停下來啦！好歹也知會一聲吧？」柯維安疼得眼眶都泛紅了。但最令他惱怒的，是自己這勁頭十足的一撞，前方居然還是穩若磐石，動也不動。

「知會，就不是突然了。」黑令側過身，溫吞的視線對上柯維安。

媽啦，這未免也太傷他的男子氣概和自尊心了！

柯維安啞口無言。對方說得太有哲理，害他竟沒辦法反駁。

「有東西，要給你看。」黑令說，「二十分鐘後，二樓客廳。需要畫路線圖給你嗎？」

柯維安決定給面前的大個子一個相當符合他此刻心情的回答。於是他舉起拇指，娃娃臉上是開朗的笑。

然後，拇指俐落地往頸前劃過，再狠狠地比向下方。

分配的客房是一人一間，充分讓人保有私人空間，房裡甚至還附有浴衛設施。唯一的缺點，可能就是房內的少女風格和一樓同樣強烈。

客房布置也是大同小異的路線，隨處可見輕飄飄的蕾絲和富有浪漫情懷的花邊裝飾，更不用說毛茸茸的玩偶了。

對一般男性而言，恐怕會是個令人坐立難安的房間。不過一刻倒是毫無壓力，還相當享受。畢竟他自己的房間也是粉紅色，並且充滿著許多可愛的玩偶。

可以說，別墅裡的客房完全就是太合他的胃口了。

大略在房內晃了一圈，一刻走至窗前，將窗戶打開。他探頭望出去，發現從這角度剛好可以看見一部分繁花地。只可惜路段坡度的關係，無法窺得繁花地內部。

但老實說，眼前這幅景色就已相當賞心悅目。

色澤桃艷的九重葛如花瀑般垂下，濃綠淺碧相互映襯，再加上其他一刻叫不出名字的花朵，透過窗框，就像一幅被框住的風景畫。

一刻不假思索地掏出手機，拍下一張照片。

可是當他低頭檢視成果，他的瞳孔猛地一收縮，就像發覺了預期外的異樣之處。他飛也似地再往窗外看出去，但在明晃得刺眼的陽光底下，路上一抹人影都沒有，僅見植物的茂盛陰影在路面上一下一下地搖曳晃動……

「幹。」一刻低聲罵了句髒話。

與此同時，他的房門被人敲響。

「進來，門沒鎖！」一刻喊了聲，目光仍緊緊盯著手機螢幕。

房門被打開，兩顆腦袋探了進來……不對，還有一顆因爲身高關係，是在比較下方的位置。

「果然小白你的房間也和我們一樣呢，眞浪漫。」柯維安東張西望地走了進來。

「我也想把家裡房間弄成這樣，不過老哥和老爸、老媽大概不會答應。」蔚可可惋惜地嘆口氣，「一定會說我都不整理房間……那明明就叫亂中有序，爲什麼他們都不能理解。」

「一般人估計都不能理解，更不用說妳的戰鬥力都直逼零點五個莉奈姊了。」一刻沒好氣地扔了一記白眼過去，眉頭仍舊皺得死緊。

「這樣聽起來，好像很厲害又不是很厲害……」蔚可可狐疑地瞅著一刻，緊接著注意到對方的臉色和平時不太一樣。

雖然看起來還是凶凶的，可是……

「宮一刻，你怎麼了嗎？你的表情有點像便祕耶。」

「便你妹，你全家才……算了。」思及自己這一罵下去，連遠在湖水鎮的蔚商白都會無辜躺槍，一刻將剩下的字句嚥回，改射出凶惡的眼刀。

蔚可可縮縮脖子，吐吐舌頭，但一雙眼睛還是沒移開，像在等候一刻說出答案。

「小白，手機有什麼不對勁嗎？」柯維安也是敏銳的人，迅速將一刻的幾個反應串連起來，抽絲剝繭地找出有用的線索。

「你的手機沒有網路，那就不是在網路上看到什麼。如果是收到公會的任何消息，我這也會收到，可是我沒有。因此我猜，你的手機是不是拍到了……嗯，不是常理能解釋的東西？唔，你站在窗邊，拍照的機率很大。」

一刻沉默地看著柯維安，看得後者都忍不住猜起「難道是角度光線美、氣氛好，小白覺得我變帥了？」的時候，一刻才耙梳一頭白髮，吐出一口氣。

「好吧，你猜對了，天才。」

「什麼？甜心真的覺得我變帥了？」

「我操！我哪句話能讓你誤會成這意思啊！」醞釀好的氣氛全被破壞光，一刻瞬時破口大罵。

「呃，全部？」柯維安眨巴著眸子，故作天眞地反問。

接下來，就是娃娃臉男孩被人抓過去，一條手臂稍嫌粗暴地勾勒在他的頸子前，迫使他揮動雙手，奮力地哀叫呼救。

「芍音。」蔚可可蹲在符芍音身邊，可愛的臉蛋上滿是認眞，「莉奈姊……宮一刻的姊姊說過，這就叫男人的友情。但是看了那麼多次，我都覺得啊，他們的友情眞的好難以解理喔。」

「嗯，難理解。」符芍音以同等程度的嚴肅點點頭。

一刻單方面的鎭壓一下子就宣告結束，他也不是眞的用上十足的力道，威脅的意味還比較多一些，不過原本繃緊的神經倒也因而放鬆不少。

「說正經的。」一刻放開柯維安，將手機遞出來，不再隱瞞，「我剛拍外面風景的時候，照片上出現了這個。但是我很確定，鏡頭裡本來是沒有的。」

說著，一刻放大照片一角，讓圍上來的幾個人可以看得清楚。爲免符芍音因爲身高不夠看不見，他還特地把手機拿低一點。

被放大影像的照片一角上，赫然是一抹醒目的嬌小紅影。

「這是……」柯維安一驚，不自覺地抽了口氣。

人影輪廓很清楚，一看就能辨識出是個和符芍音差不多年紀的小女孩。只不過她身上的衣飾，絕非尋常孩童會穿的。

遮覆住眼睛的長長頭紗，讓人想到古式嫁衣的曳地衣裙，同色系的艷麗緋紅既像飽含汁液的石榴，又像彷若要灼疼人眼睛的一團熾烈焰火。

不論是頭紗或衣裙邊緣，都繡著繁複的金澄花紋。在日光的輝映下，與從頭紗下垂散出來的淡金髮絲一併閃閃發亮。

小女孩的大半張臉都被藏在頭紗和陰影內，她的打扮看起來就不像一般人類，可是最令人驚異的，莫過於她的臉面對的方向。

她微昂起頭，縱然雙眼有頭紗覆蓋，但那角度，簡直就像瞬也不瞬地凝望著鏡頭後的拍照者。

——凝望著一刻！

「小白、甜心……這是……」柯維安的聲音忽地抖了一兩階。

就在一刻以爲那名娃娃臉男孩是不是發現到他遺漏的線索，對方的聲音猝然激動拔高。

「這這這……這怎麼看就是一個極品蘿莉啊！」柯維安興奮大叫著，臉頰還染上情緒高昂的紅暈，「你看那個下巴、那個體型，還有那身高……爲什麼甜心你隨便都能拍到？我卻還得跑去百貨公司的嬰幼兒樓層蹲點！」

「蹲、你、老、木、啊。」一刻咬牙切齒地擠出來自地獄般的森寒嗓音。要不是自己手上的手機是蔚商白、蔚可可合送的生日禮物，他早就一巴掌糊到那張激動得臉都紅了的娃娃臉上。

似乎是嗅到那五個音節背後的騰騰殺氣，柯維安一個激靈，霎時把理智大力拽了回來。

「咳咳！當然也不止是那樣，還有一個很重要的地方。」柯維安端出學術研究似的正經表情，像是要和方才興奮不已的自己劃清界限。他伸手指向紅衣小女孩的腳下，「小白你看，她有影子，基本上就能說明她不是阿飄類的存在。」

「啊！真的耶！真是太好了……」打從看見照片上的嬌小人影，就一直屏著氣的蔚可可頓時放鬆了身體。她虛脫似地抹抹臉，吐出了憋著許久的一口大氣。

她可沒忘記不久前在繁花地外，一刻令人在意的反應，和符芍音口中說的「紅衣」兩字。

蔚可可沒有表露出來，不過她對於這地區可能有紅衣女鬼出沒一事，實際上是感到有些提心吊膽的。

畢竟熱愛看鬼片，和想要在現實中見鬼是兩回事；就算曾見過鬼，也不代表就會想要再有下一次。

「宮一刻，不是阿飄真的太好了。」蔚可可安心地撫上胸口。

「喂，跟妳說多少次了……不要省略真正的主詞！」一刻只覺得滿頭黑線，那話聽起來簡直像在懷疑他不是人。

「欸嘿嘿。」蔚可可撓著臉傻笑一聲，「反正你懂意思就好了嘛。這個小女生……是不是就是你在繁花地外面見到的那個？芍音說有紅衣出現消失，然後你那時候的反應又很奇怪……」

「等等，等一下！那個時候我到底錯過了什麼？小白你們不能排擠我啦……」柯維安哀怨地望著一刻他們，語氣也裹上了幾分不平，「我的美少年之心會碎的……小芍音，妳在寫什麼東西嗎？」

沒有加入討論的白髮小女孩停下自方才開始的振筆疾書動作，她亮起手上的紙，童稚的字跡洋洋灑灑地寫滿一整個版面。

「解釋、分析。」符芍音說，「我的。」

柯維安湊上前迅速看了一遍，隨即理解符芍音的意思，「也就是說，你們在繁花地外看見一道紅影出現又消失，身高跟小芍音妳差不多，衣服款式也很像小白手機拍到的那個……所以妳懷疑是同一個人嗎？」

符芍音小大人似地鄭重點頭。

柯維安摸著下巴，也斂起幾分開玩笑的神色。倘若一次還能當作偶然看見，兩次的話也不是不可能……但是對方的視線，不偏不倚就像是看著他家小白。

難道說，是有針對性的嗎？

「小白，你怎麼看？」

「看著辦，不然還能怎麼辦？天曉得她的動機是什麼？」

「說不定是對宮一刻你一見鍾情之類的？」

「鍾你妹。」一刻鄙夷了蔚可可的異想天開，最後自己做出暫時性的結論，「反正在那紅衣小鬼眞的做出什麼之前，就先別管她了。倒是你們幾個，跑來我這裡，不會就是爲了參觀我的房間吧？」

「報告組織，當然不是，我們是想找你一起過去啦。」柯維安擺出敬禮的姿勢。

「過去哪？」

「二樓客廳。黑令之前叫我二十分鐘後過去那邊，他有東西要給我看。不過，我實在很怕會看到刺激我血壓飆高的驚人景象……然後我怕我會抓起椅子，往他扔出去的。」

「得了吧，憑你這身材，他扔你還差不多。總之，我們就是替你壯膽的？」

「對對對，甜心你眞是冰雪聰明！」

「曲九江呢？」

「別啊！光是去找他，我就覺得我的心臟又要不好了，小白你一定捨不得看我這樣對不對？而且他關在房裡，除了睡覺，也一定還是睡覺、睡覺。爲毛這種像是睡鼠轉世的傢伙，還能長成那種個子啊？」

「你這話試著當面對他說說看？」

「再報告組織，我不敢！」

「靠！居然還說得那麼驕傲？」

對男孩子的身高話題不感興趣，蔚可可左右張望，發現符芍音沒跟上隊伍，她轉過頭，活力十足地朝符芍音揮揮手。

「芍音，趕快過來喔！」

符芍音點點頭，最後再望了眼窗外，隨即小跑步跟上。長長的雪白馬尾跟著一擺一晃，將房內的景物拋到腦後，連帶地也將剛才瞥視到的一角遺留在後方。

符芍音沒有說出口，她在窗外也見到了一抹人影。

像是注意到自己被發現，人影有絲匆忙地一閃即逝。

但不是紅色，而是綠色的，像翠碧山林的美好綠色。

柯維安接近客廳前，已經做足充分的心理準備。

但顯然地，關於「黑令」這個人的行爲，永遠都能超出一般人的想像之外；甚至也超過經歷過大風大浪的神使們的想像。

最顯著的證據，就在於柯維安等人依約來到客廳後，卻是目瞪口呆地杵著不動，有如目睹了某種驚人之景。

確實很驚人，足以讓柯維安總是活躍不停的大腦，足足產生了近十幾秒的空白。

「我操……」一刻乾巴巴地擠出這兩個字，與其說是髒話，倒不如說更貼近表露震驚之情的語助詞。

「好……好……」蔚可可絞盡腦汁，一時卻也找不出適當的形容詞。

符芍音恐怕是最沉穩的。小小年紀的她維持同一號表情，連眉毛都沒挑高，嘴角平直的角度，和客廳裡早待著的另一個人完全一模一樣。

客廳的布置沒什麼異常，是一貫的浪漫夢幻風格。

黑令站在鋪了蕾絲桌巾的長桌旁，灰眸淡淡地迎視前來客廳的一票人。

像是秉持著「你不開口，我也不開口」的信條，黑令默不作聲地繼續盯著人。

在拉上窗簾而顯得昏暗的客廳中，那雙色素偏淺的冷厲眼珠，看起來愈發如同狼一般嚇人。

「黑令你……你就是要給我看這個嗎？」心知對方可以沉默到天荒地老，柯維安逼不得已先開口了。他費了一番力氣發出顫抖的聲音，連指向長桌上的指尖也不穩地發顫著。

「對，賠禮，為上次在符家的事。」黑令的語調慢，不過看得出來他試圖解釋得更清楚，「網路上說，可以送朋友喜歡的東西。還有，大部分人都會喜歡蛋糕。」

這要是放在一個多月前，柯維安大概也想像不到，對任何事都不感興趣、認為人生索然無味的黑令，在個性上居然會出現那麼大的轉變。

黑令竟然會主動表現出對朋友的歉意，還特地上網搜尋賠罪的方式，更準備了禮物！

身為那名朋友，柯維安覺得自己應該要很感動的，這簡直就是天大的進步，一種質的飛躍。

但是……我草艸艸艸艸！鬼才感動得起來啊！

不對，就算自己是半鬼，昧著良心也說不出自己有感動到！

「你的臉，在扭曲，你顏面神經出問題了？」偏偏黑令的問話就像是在火上加油。

「啪嘰」一聲，柯維安感受到自己的理智線斷個精光，一張娃娃臉眞的扭曲成猙獰了。

一刻示意仍沉浸在目瞪口呆中的蔚可可摀上符芍音的耳朵，自己也別開臉，不忍再看。

他眞的是太同情柯維安了！

「你不喜歡，為什麼？」黑令再怎麼對他人的反應遲鈍，也終於注意到柯維安的表情和「開心」或「感動」，相差了十萬八千里之遠。

倒是和他母親發飆地追著老頭暴打一頓時很像。黑令置身事外地想著。

「你問我為什麼……你這個混蛋倉鼠星的混蛋王子，竟然還敢問我為什麼！」柯維安立時爆發了，他的手大力一揮，要黑令好好看清桌上所謂的賠禮。

「蛋糕就算了，雖然不曉得你從哪變出一個蜂蜜蛋糕，但我也喜歡吃甜的。可是，你爲毛要在上面密密麻麻地插滿蠟燭？它只是一個蜂蜜蛋糕，它哪裡對不起你了嗎？」

「補當生日蛋糕，我不知道，你年紀多大。」

「大你的頭！猜也知道我十八少年一枝帥草！」

「喂，柯維安，這太不要臉了。」

「小白你別插話！我一定要告訴這傢伙，什麼叫常識！」柯維安的氣勢難得如此強悍，「蛋糕上的蠟燭我也可以不計較了，最重要的是……這些圍在蛋糕旁的照片是怎麼回事！」

「聽說你，喜歡幼女。」

「那不表示你就要把《寶貝甜心戰隊》的角色們都列印出來裝在相框裡，還該死的——印成黑白色！」柯維安的怒吼聽起來更接近悲慟的哀鳴。

黑令安靜了半晌，居高臨下地看著胸口劇烈起伏的柯維安，接著他認眞地問了：「黑白，不好？我喜歡黑白。」

「黑白——你妹啦！」這是柯維安氣急敗壞扔出的最後一句大罵。

下一秒，柯維安一轉身，飛奔向一刻。

「甜心啊啊啊——」柯維安傷心欲絕地抱著一刻的手臂哭訴，他跟外星人根本就是無法溝通，「爲什麼朋友間要彼此傷害？不對，被傷害的還只有我而已！」

一刻任憑柯維安抱著自己手臂不放，目光投向了蛋糕和圍立在旁的一排相框。

嚴格來說，黑令的心意沒錯，出發點也是好的。

然而那多得像要讓人密集恐懼症發作的蠟燭，還有那些印成黑白的人物圖片……X的，還眞像在舉行什麼黑魔法儀式！

「蠟燭可以插問號形狀的，相框啥的，就別擺了。」一刻嘆口氣，有種自己是在安慰及教導兩名幼兒的錯覺，「黑令，你直接介紹一個小女生給柯維安認識，他會更開心的。當然，如果他亂來，我會痛扁他一頓。」

柯維安豎起耳朵，雙眼驀然放光，也不在意一刻說的痛扁——他可是紳士，才不會做出犯罪行爲。

「黑家，我最小了。」黑令說。

柯維安眼中的光芒瞬滅，這答案眞是太令人絕望了。

「嘖，要你這種過期的何用……」柯維安不滿地咂咂舌，「下次別用這種方式賠罪，我的心臟不好……只是比喻，不用看醫生的。而且我也不認爲有需要到賠罪的地步，再怎麼說……嘛，那時候我也有錯。」

柯維安聳聳肩膀，把斷裂的理智線逐一接了回去，「蛋糕就謝謝你了，晚點大夥兒一起分掉吧。相框……就求你收起來，拜託了。」

「和網路說的，不一樣，你不是很滿意。」黑令微歪下頭，淺灰的眼瞳沒有離開柯維安的臉上。

「你到底是從哪查的……真的沒必要糾結……」柯維安像是拿黑令的不屈不撓沒辦法，可是也做不到說出「我很滿意」這種違心之論。

有眼睛的人看他剛剛的反應就知道，他險些要抓狂了。

「啊，不然就帶我們去繁花地裡面看看好了。」柯維安像是靈機一動地一擊掌。

「柯維安？」一刻錯愕地看著吐出驚人發言的娃娃臉男孩。

「小安？」蔚可可也愣了下，雙手不自覺地從符芍音的雙耳旁放下。

「小白，我想了想，覺得你一定還是會在意的。當然超在意的人還是我啦，萬一對方真的把你視爲目標呢？」

「柯維安……」

「像那種被極品小蘿莉看中然後綁架的事，說什麼我都會阻止發生在你身上的啊！」柯維安說得擲地有聲，氣勢滿分，甚至還不忘堅定地拍拍胸膛。

「謝謝你的好、意、啊，老子就不提醒你，真心話跑出來的下場會是怎麼樣了。」一刻咧開白牙，笑容看似親切，可怎樣也無法忽視他額角突突跳動的青筋。

柯維安不止看見青筋，還看見白髮男孩身後宛如要凝成猛虎形狀的駭人殺氣，他咕嚕地嚥嚥口水。

「親愛的，我能解釋的……」

「等老子動完手，你就能盡情解釋了。」

「不，哈尼、蜜糖，我覺得我那時候可能小命休矣……」

眼見一刻獰笑地步步逼近，柯維安的冷汗就像扭開的水龍頭拚命流。

而阻止這場單方面暴力的人，居然是黑令。

「好。」黑令慢悠悠地蹦出一個字。

他這聲「好」來得太沒頭沒尾，全然就是要讓人如墜五里霧。

一刻就是陷入茫然的那個，他頓時停住動作，狐疑地望向此時又閉著唇、彷彿前一秒說話的人不是他的灰髮青年。

一刻的疑問疊得更高，他乾脆扭頭看著柯維安，後者已經擺出「打人求別打臉」的防禦架勢。

「那傢伙，你餵食的那位，是在『好』什麼意思？」一刻當然沒打臉，只是迅雷不及掩耳地猛力捏下柯維安的雙頰，這才像解了心頭之氣地甩甩手，「你現在可以解釋，不用等之後了。」

「小白，就說他才不在我的餵食範圍內……我猜他是說，他願意帶我們到繁花地裡面？」柯維安揉著泛紅的臉頰，自是聽出了一刻要放他一馬的意味。

「假使你們，不會害怕鬧鬼。」黑令又慢慢地補上這句，間接證明柯維安的推論無誤，「今晚可以。」

一刻沒想到黑令的應允會那麼直截了當。

講實在話，說一刻不在意那名紅衣小女孩絕對是假的，尤其對方的第二次露面，簡直就像是蓄意似地……

「小白，你不想弄個清楚嗎？不想嗎？不想嗎？不想嗎？」柯維安嘿嘿直笑，用手肘推了推一刻。

「說一次就很夠了，又不是跳針。」一刻瞪了一眼過去，這反應無疑承認了內心想法。

能有弄清楚的機會，他怎麼可能會白白放過？

「宮一刻和小安都去的話，那人家當然也……嗚呃，雖然我希望鬼不要出現。」蔚可可苦著臉，眉毛也垂下一個弧度。

「我也。」符芍音童稚的聲音加入。

只不過，柯維安卻是第一個跳出來反對的人。

「不行不行，小芍音要早點上床睡覺才行。」柯維安認真地比出「X」的手勢，「那個時間太晚、不適合小孩子去。」

「九歲了。」

「那就是小孩子。雖然也很希望有小芍音的陪伴，可是小芍音妳聽好了，要早睡早起才能快點長大，長得高……唔，如果妳願意保持這完美的體型，哥哥我其實也會超開心的。」

「不開心，會長大。」符芍音板著略帶嬰兒肥的小臉蛋，嚴肅地和柯維安對視。

柯維安眨也不眨，還是笑咪咪的。

兩雙不相上下的大眼睛像在角力般互望，最末敗下陣來的是符芍音。

「長大，不去。」符芍音嘟囔地說。

柯維安得意地朝一刻比了一記勝利的手勢，他擠擠眼，壓低聲音：「小白，對付小孩子就是要用這招，我果然是天才美少年對吧？」

「少年。」一刻照慣例地把不必要的形容詞摘掉，「你剛有幾句是眞心話？」

「嗯，其實最後一句是我發自肺腑……咳咳咳，這不重要啦，重要的是我說服了小芍音，讓她別跟著去。」

「去哪？」

問出這句話的，卻不是客廳裡的任何一人。

那道嗓音低沉，但和黑令的提不起勁又有著天壤之別，而是有股與生俱來的傲慢，彷彿誰也不放在眼內。

柯維安的話語瞬間卡殼了，他緩緩轉過頭，接著像是被踩著尾巴的野貓，驚慌地跳到一刻身後，原先的得意勁消失得一乾二淨。

客廳門口，赫然站立著一抹修長人影。

眾人以爲在房中睡覺的曲九江打量了廳內人一眼，目光再回到一刻臉上。

「小白，你們要去哪？我不覺得我的問題有複雜到哪裡，還是說你的智力不行了？」曲九江挑眉，這小小的動作由他來做，就是充滿著濃濃的嘲弄意味。

「你X的才不行。」一刻面無表情地回敬了這句髒話，同時內心鄙視著柯維安做賊心虛般的舉動。想也知道，這小子是怕剛才說人壞話被正主發現，「去外面跑個三圈，你去不去？」

曲九江直接給自己的神一道「你傻了嗎？」的眼神。

雖說不曉得一刻爲什麼要瞞下去繁花地一事，柯維安還是忍不住鬆口氣。他這一放鬆，肚子隨即發出了響亮的咕嚕聲響。

所有人的視線下意識地全往那聲音來源望去。

饒是柯維安的臉皮再怎麼強韌，一時間也有絲尷尬，尤其盯著自己的還有小芍音。

簡直就像受到柯維安飢腸轆轆聲音的召喚，另一道清澈少年嗓音冷不防從客廳外出現。

「抱歉，要打斷大家和黑令少爺的聚會。我是來通知大家，可以下樓吃飯了。」薄忍秀笑吟吟地探頭進來。

那明明是張乾淨青稚的面孔，可是一刻卻覺得，對方看著他們的眼神，就像是在照看小輩們的長輩……

飯後，一刻主動留下來幫薄忍秀收拾餐桌，順便也將想留下來、但實在有點礙手礙腳的幾人踢出廚房，禁止他們來幫倒忙。

薄忍秀有些吃驚地看著一刻熟練的動作，似乎沒想到這個看似凶惡的大學生，出乎意料地擅長家務。

「不好意思，還讓你幫忙了。」薄忍秀歉意地笑了笑，接過一刻洗好遞來的碗。

「沒什麼。」一刻簡潔地說，不止手上動作沒停下，就連腦中也在勤快地思考著待會該怎麼提出問題。

其實一刻會留下，除了不想當個什麼事也不做的客人外，最主要的，還是他想從薄忍秀那裡打聽一些關於繁花地的傳聞。

從薄忍秀早些的談話判斷，看得出他對這地區相當熟悉。加上他也是黑家一分子，或許會知道繁花地鬧鬼傳聞的始末，更可能也知道那名出沒在繁花地周圍的紅衣小女孩。

雖然黑令身為黑家少主，不過一刻實在不奢望能從他那裡獲得更多訊息。

先不論黑令對周遭事務不上心的程度，光是思考要從他嘴裡撬出隻字片語，一刻就覺得柯維安會哭著跑過來，大喊著「甜心，臣妾做不到啊」這類亂七八糟的抗議。

──一刻非常堅定地把自己劃在負責追問者的範圍外，他可不認為自己有能力和黑令進行對話。

只是一刻本身也不是擅長聊天的類型，更遑論要他主動開啓話題。他緊閉著唇，越是努力思考，越是難以順利擠出字句。

幾乎在一刻自暴自棄、打算去外頭拎柯維安或蔚可可進來時，薄忍秀率先開口，打破了橫亙在廚房內的安靜。

「一刻，你有哪裡不舒服嗎？」薄忍秀的眉眼滲入再明顯不過的關心。

「咦？不，我沒有……」鮮少受到來自剛認識的人的關懷，一刻略感不自在地說。

「眞的嗎？我看你的臉色好像不怎麼好。」薄忍秀蹙起眉，眼角打量似地微瞇起來。

「沒事，眞的沒事。」猛然意識到是自己思考得太投入，臉部表情跟著僵硬，才導致對方的誤會，一刻連忙調整了下肌肉，低頭加快洗碗速度。

薄忍秀從旁盯望一會兒，似乎是相信了。

「沒事就好。不過就算沒有不舒服，外邊太陽大，還是不適合跑步。」薄忍秀溫和清澈的嗓音混在嘩啦的流水聲中，聽起來有絲不眞切。

一刻沒想到對方原來聽見了他和曲九江的談話，當他扭緊水龍頭，準備將最後一個碗遞出時，薄忍秀的話聲這次清晰落下。

「但是，繁花地的話，的確會是入夜進去比較適合。」

一刻怔住，張大的眼眸內倒映入薄忍秀那張柔軟的笑顏。

「我聽到你們打算進入繁花地，不過建議還是別帶小孩子進去。那地方，小孩子可能不適合。」

「爲什麼？因爲有鬧鬼的傳聞？」一刻回過神，飛快把握追問的機會。

「這倒不是……只是裡面久未整理，恐怕有些植物容易割傷小孩子。至於鬧鬼的傳聞也不是一天兩天的事了。繁花地給人的印象多少有點陰森，大概就是這樣，才有人傳說鬧鬼。事實上，我進去過幾次，也不曾碰上什麼鬼魂出沒。」

「你進去過？」

「這附近的年輕人似乎將那當成試膽的好地方，所以我有時候會去巡視一下。」說到這，薄忍秀嘆口氣，彷彿難以理解「試膽」這項行爲究竟哪裡有趣，值得人去嘗試。他伸手接過一刻手上猶在滴水的碗，將它放入烘碗機內。

「基本上，少爺決定的事我也不好置喙。但我還是希望一刻你們進去繁花地時，多注意自己的安全。再怎麼說，裡面沒有任何照明……」

薄忍秀一回頭，就看見白髮男孩嚴肅又困惑的神情。

一刻覺得自己的心裡瞬間似乎滑過某種奇異感覺，但那感覺稍縱即逝，就算想要極力抓握，也抓不住那截尾巴。

「有什麼問題嗎？」薄忍秀和善地問道。

「鬧鬼的傳聞，是怎樣的內容？」尋思未果，一刻暫時將那抹異樣壓下。

「我想想，主要好像是小孩子的歌聲，還是小孩子的身影出現之類的？」薄忍秀露出沉思的神情，自己說著說著也有絲不確定，「啊，還有都是以黃昏或半夜，這兩個時間點爲主的樣子呢。」

「黃昏？」一刻還能理解半夜，可是黃昏是怎麼回事？

像是看穿一刻內心的納悶，有著柔順眉眼的黑髮少年驀地笑開來。他的笑容沉浸在橘黃日光內，恍惚中竟有種不眞實感。

「黃昏是白天與黑夜的分界，也是人與非人最容易分不清的時候了。不是有人這麼說過嗎？」

薄忍秀的嗓音幽然，像在空氣中打了個旋才落下。

「黃昏，也叫逢魔時刻哪。」

第六章

夜晚降臨，家家戶戶都亮起了燈火。隨著時間的流逝，夜色變得更濃、更闃暗，那些明亮的燈火也一盞盞陸續熄滅。

當包含黑家別墅在內的窗戶也暗下，便只剩路燈還盡忠職守地亮著水銀色澤的燈光，連帶地也將自身影子拉得斜斜長長，投映在柏油路上。

由於這裡是住宅區，基本上一過十點就罕有車輛往來。一旦過了十二點，更是陷入大片寂靜中。

這時候，只要稍有一點音響，便顯得格外響亮。

彷彿知道這點，打開黑家別墅大門的那人，動作特意放得輕巧，可以說近乎無聲無息。

等到四條人影魚貫而出，門才再次悄悄關上。

人影沒有在原地多加逗留，很快就離開別墅，迅速朝預定的目的地而去。

繁花地。

對一般人來說須花上數分鐘的距離，對神使或狩妖士卻只是一晃眼就能抵達。

看到中午曾見過的黑鐵大門矗立眼前，四條人影紛紛停住腳步。

即使路上設有路燈照亮了欄杆外圍，但這份亮光卻反襯得繁花地內愈發幽暗。陽光下爭妍鬥艷的花朵，入夜後莫名透出一股陰森氣息。茂密叢生的樹影看起來更像一隻隻張牙舞爪的畸形怪物，特別是夜風一吹拂，枝葉間頓生令人不安的沙沙響動，使得這些植物更像是獲得了生命一樣……

「白天看和晚上看……氣氛眞的差好多啊。」蔚可可仰高著頭，暗地吞下口水。日光正盛時看還沒感覺，只覺花團錦簇、萬紫千紅的，煞是好看。雖然是座廢棄大庭園，也不失爲另類的華麗。

可是一被濃闃的夜色徹底浸染，就完全不一樣了。華麗的印象不再，只餘詭譎嚇人，讓人見了不禁毛骨悚然。

「宮一刻，你知道嗎？」蔚可可忍不住喉頭又滾動了下，發出的聲音乾巴巴的。

「打住，我啥也不想知道。」只不過一刻無情地截斷蔚可可未竟的句子，「我對妳曾看過什麼鬼片、恐怖片、驚悚片，全部一點興趣也沒有。」

「欸欸欸？你怎麼知道我就是要說這個？」蔚可可吃驚地瞪圓眼，眸子反而因此發亮起來，「我跟你說喔，我上個月啊……」

「月你媽，妳是嫌這裡的氣氛還不夠好嗎？」一刻特意在「好」字上加重語氣。不知道是不是夜晚的關係，他的語氣聽起來也有些陰森森的。

蔚可可慢半拍地才反應過來，他們目前身處何處。

黑家名下的繁花地，一座廢棄的西式大庭園。

還有，被傳得沸沸揚揚的鬧鬼地帶。

蔚可可吸了一口氣，急忙摀上嘴巴，可不想因爲談論起鬼片，把眞正的鬼給引過來了。

「小可，等回去後妳再告訴我片名，我看完後就可以跟妳討論啦。」柯維安順勢插進話，笑咪咪地提議道：「至於現在，我們趕緊先進去吧。黑令，哪邊比較好潛入？」

「不須要。」穿著連帽外套，整個人都像要融入陰影內的灰髮青年慢條斯理地說。

柯維安的笑臉剛要垮下，就見黑令從口袋裡拿出鑰匙。

「靠。」柯維安彈舌罵了聲。怪不得會說不須要潛入，同義就是他們能夠正大光明地進去裡面。「拜託你下次早點說，還有別老是斷句在令人誤會的地方啦。」

「你可以，早點問。」黑令的一句話堵得柯維安噎住。

無視娃娃臉男孩一副想跳腳的惱怒模樣，黑令解開門上大鎖，推開了黑鐵大門。

大門的雕花雖布滿鐵鏽，不過門軸部分顯然沒有受到侵蝕。門扇往內移動得很順暢，也沒有發出刺耳的嘎吱聲響。

待大門重新闔攏，一刻等人終於正式踏入繁花地了。

想當然耳，裡面並沒有任何人工照明設備。稍稍往內再走一段路，路燈的光芒就被阻擋在樹叢之外，視野登時變得陰暗許多。

四名年輕人因爲神使或狩妖士的身分，眼力都比常人來得好，在這片幽暗下，依然可清楚視物。不過他們還是拿出各自的手機，利用手機的ＬＥＤ燈光充當手電筒照明。

如果說街上已令人感到安靜不已，那麼繁花地裡，就是靜得像被呑噬了所有聲音，一切都被包裹在無聲之中，彷若置身在另一個世界。

身爲庭園名義上的主人，黑令走在最前頭，他似乎明白後方同伴想要仔細調查的意圖，走得不若平時快，速度刻意放慢。

蔚可可和柯維安並肩走在一塊，前者難掩一絲緊張，但也不忘謹愼地照射周遭環境，偶爾還能聽見她像自言自語地嘀咕什麼。

「蔚可可，妳在唸什麼東西？」殿後的一刻耳尖，如同受到四周氣氛影響，不自覺地也放低音量。

「咦？」蔚可可中斷自己的唸唸有詞，她反射性轉過頭，俏臉上滿滿認眞，「我在唸老哥的名字啦，想說這樣就能驅邪避鬼之類的。」

「……妳到底把妳哥當成什麼了啊？」一刻簡直都想同情蔚商白了。

「不然也可以換唸我師父的名字。」柯維安興致勃勃地提供建議，「就像這樣，一個文昌帝君、兩個文昌帝君、三個文昌……糟了，三個師父在搶酒搶書了！」

「搶你老木啊。」一刻嘴角抽搐，一掌拍在柯維安腦袋上，「你當數羊嗎？不怕數到睡著了？」

「哎唷，才不會呢。甜心，數這睡不著的。」

「你數過？」

「還眞數過。」

面對柯維安肯定的眼神，一刻啞口無言。他一點也不想質問對方究竟在什麼樣的狀況下，會想去數文昌帝君。

「對了，小白、小白、親愛的。」柯維安聊天興致不減，身邊人越安靜，他總會想多說點話，活絡一下氣氛。

況且，這次同行人之中，除了前方的電波系倉鼠星人外，小可和他家小白都是超理想的旅行同伴，因此他開口的欲望漲得更高了。

「我以爲你會把今晚……唔，夜遊的事，告訴曲九江。」柯維安打從知道前去繁花地的成員就只有他們四人，這個疑問便一直盤踞在他的心頭。

這肯定是小白沒跟曲九江說，否則那抹傲慢人影不可能沒有出現。

想當初，安萬里可是光用一封小白名義的簡訊，就把曲九江從繁星市拉到潭雅市來。

「我是沒告訴他。」一刻也坦然承認，「柯維安，繁花地可是一堆花花草草的，我沒事帶一個會走動的人形縱火器，萬一這地方被那傢伙給燒得精光還得了？」

宛若想像到那畫面，一刻的眉頭緊緊皺起，臉色也陰暗一層。

「小白英明！」柯維安馬上感動得舉手歡呼，當然音量沒忘記放小，「小白嫁我！」

「滾。」一刻簡單粗暴地送出一個字，順便把那顆毛茸茸的腦袋轉回去，要柯維安好好留意前方。

一行人跟隨著黑令走了近十幾分鐘，途中還經過一幢傾圮的白色樓房。從欄外看，只能看見它完好但被綠藤攀纏的一角，直到進入繁花地內，才會發現原來它僅剩半邊，成了名符其實的廢墟。

倏然間，黑令停住腳步。

「到了。」高大的兜帽青年頭也不回地說。

「什麼東西到了？我們不是本來就已經到繁花地了嗎？」柯維安納悶地問出眾人心聲。

可下一剎那，卻聽見黑令低低地說：「從這裡開始，才是正式地，進入繁花地。」

「啥？啥啥啥啥？」柯維安大吃一驚。他們走了十幾分鐘，他以爲黑令要說他們走到底了，結果現在才剛要開始？

「這地方到底有多大……」一刻回頭望著他們一路走來的方向。黑鐵大門早就被樹叢花影淹沒，但再往前一看，竟也難以判斷何處才是盡頭。

「比你們學校，再小一些些。」黑令說。

我們學校？由於引路人事件日前才告一段落，一刻下意識想到利英高中。可接著他猛然醒悟，黑令根本不知道自己唸的是什麼高中。

換句話說，他指的是……

「真的假的？比繁大小一些些而已嗎？」柯維安脫口驚呼，「繁大已經是全國排名第三大的大學了耶，你們家的繁花地會不會佔地太囂張了？」

「嗯，很囂張。」黑令表情平板，語調也不見起伏，完全讓人分辨不出是在開玩笑亦或是認眞的。「連著後面的山，都是繁花地的範圍。」

而以柯維安對黑令的了解，他敢篤定這人是認眞的——黑令恐怕連開玩笑都不理解。

「比繁星大學只小一些些……這是怎樣的概念啊？」蔚可可呆然地望著花樹交錯的前方，「該不會我們西華還輸別人家的庭園？」

「這是妳要注意的重點嗎？重點錯了。」一刻按著額角嘆氣。而他一低頭，就察覺到黑令口中提到的「正式進入繁花地」是什麼意思。

他們一行人走來至此，腳下踏的皆是雜草遍布的泥土地。但以此刻所站的這塊區域作爲分水嶺，往前延伸出去的地面，赫然鋪設起一塊塊石板，組成了一條條道路。

不止如此，當黑令退到一邊，不再遮擋住視野，後方的一刻等人更可以看得清楚，呈現在他們眼前的，雖然也是一片繁花似錦的景象，然而眞正栽種在繁花地內的植物，全然不若外圈的恣意生長。

它們各自規規矩矩地佔著一塊位置，不同的花朵團簇一起，看起來顯得格外整齊，宛如精心規劃過一般。

也或許是因爲空間變得較爲遼闊，原先的陰森感散去不少，和緊鄰大門、欄杆附近的樹木花叢截然不同。

但凡是外人見了，都會心生出「這裡眞的廢棄了嗎？」的念頭。

「這……這簡直就像有專人打理過吧？」柯維安震驚地張大嘴，不禁朝前方踏出幾步。

「是薄忍秀和他母親打理的嗎？他有說過他會來這裡巡視。」一刻將手機舉得更高，好照出更清晰的景物輪廓。

「沒有人，打理。」黑令否定，「但是繁花地，有個管理者，家族裡是這樣傳聞著。管理者，會控制好這裡的植物生長，不讓它們太過頭。」

「我靠，眞的還假的？」柯維安不禁又驚歎地重複了這句。

「不知道。」

「喔，不知……給我慢著！爲毛答案是不知道？那你剛一大串是講個毛線啦！」

「黑家百科，說的。」黑令將手機螢幕轉向，直接把上頭的頁面展示給柯維安看，「黑家人，自己編輯出來的資料庫。」

三雙眼睛飛快地全看了過來。

手機螢幕不算特別大，但也足以看清上面是一堆麻密的詞語解釋，包括「管理者」也含蓋在內。

而且，文字內容就和黑令方才說的一模一樣。

「搞半天你是照本宣科啊……我還以爲你這傢伙的語言能力突然大躍進了。」柯維安嫌棄地瞥了黑令一眼。

「管理者?那宮一刻看到的紅衣小女孩，會不會就是管理者?」蔚可可倏地靈光一閃。

一刻和柯維安對視，這想法看似異想天開，可也不是沒有可能性。

然而就在下一瞬間，一陣聲響猛地攫走眾人的注意力。

聲音是從斜後方傳來的，聽起來像是好幾個人在喧鬧。

在這種半夜時分，這座外人眼中的廢棄庭園……還會有誰出現在這裡?

一刻的眼一凜，毋須開口，柯維安和蔚可可就像心有靈犀地向他點點頭。

三人不由分說地拔腿奔出，朝傳出人聲的方向飛掠過去。

黑令打了個呵欠，臉上還是無精打采的神態。可當他跨出步伐，霎時就像出柙的獵豹。

一刻他們順著聲音來源，來到了繁花地一處角落。

那裡同樣枝繁葉茂，層疊堆繞在欄杆前。只不過與正門相比，這區的欄杆高度矮了許多。加上銳利的枝葉不多，無形中形成了一個方便外人入侵的漏洞。

於是一刻他們正好撞見兩名年輕人從外翻爬上欄杆，一人則是已經躍地的景象。

「耶！成功達陣！」最先進來庭園內的眼鏡少年絲毫沒有發現到另一端的一刻等人，夜色和樹影讓他對周圍感知遲鈍。同時他也完全沒想過，這座廢棄的庭園裡竟然還會有其他人的存在。

少年得意地甩動一下雙手，緊接著抬起頭，對還掛在欄杆上的兩名同伴連聲催促。

「你們倆也太慢了。動作快點，直接跳下來不就得了？這高度摔不死人的。」

「幹！那是因為你人在下面了，才能說這種風涼話！」戴著球帽的少年不滿地罵道，一腳笨拙地跨過欄杆另一側，「你不知道我有懼懼懼……」

「你有懼高症，幹嘛還硬要來？跟屁蟲喔？」還在外側那面的長劉海少年就像遷怒般碎唸著，「可惡，這麼暗……繁花地為什麼不開燈啊？」

「它開燈就不叫廢棄了好嗎？」底下的眼鏡少年吐槽，隨即又對同伴們的慢吞吞表達不滿，「你們動作快啦，不然時間會不夠用。聽說繁花地裡面超大，早就想溜進來看看了……而且啊，你們不想跟班上的人炫耀嗎？」

「就是想才會來，不然我幹嘛要掛在這種地方？就說我、怕、高、了！」球帽少年心一橫，豁出去地往下跳。

只不過落地姿勢沒喬好，不但沒有帥氣地站起，反而狼狽地一屁股撞地，疼得他齜牙咧嘴，眼淚差點飆了出來。

見兩名同伴都成功進入繁花地，人還在外面的長劉海少年不禁心急。他鼓起勇氣，踩著欄杆間隙一步步往上挪動，翻爬過最頂端。但過長的斜劉海忽地被風吹動，擋住了他的視線，以至於他的下一步踩錯位置，沒有嵌進空隙裡，頓時往下滑跌。

在長劉海少年的哀號聲中，他的屁股也重重地摔在地面上。

目睹全程的一刻等人啞口無言，最末是蔚可可小聲地說出大家的共同想法。

「好遜……」

柯維安大力點頭。的確是有點遜，而且都好一會兒了，居然還沒留意到他們的存在。

眼見兩名同伴慘兮兮地降落，眼鏡少年不客氣地大肆取笑，但也不忘朝其中一人伸出援手。

「真是的，你們未免太遜了啦……是說你們搞出的動靜也太大了吧？」拉起一人後，眼鏡少年再換拉另一人，「不要鬼還沒來，就先把住在附近的人吵醒了，到時挨罵的可是我們。」

「不會啦，離這最近的屋子不就是那棟有錢人的別墅嗎？我媽說，是有錢人包給小三住的。」

「管他是給小三還小四，這裡究竟有沒有鬼呀？大家都在傳，可是我們住在這區十幾年了，也沒聽過繁花地裡頭死過人。」

「唔嗯，好像也是耶……」

三名少年像是陷入苦思，不是大眼瞪小眼地看著彼此，就是眉頭深鎖。

柯維安趁機以氣聲問著一刻：「甜心，我們要出去嗎？」

這是一個好問題。一刻抓抓白髮，剛才他們幾人反射性地趕過來。可是面對三個擺明就是跑來這玩試膽的小鬼，他一時還真想不到該怎麼辦才好。

那些小鬼確實是私闖別人土地，但是這種事，顯然更該由繁花地的主人去拿主意。

「黑令人呢？」一刻也用氣聲問道。

柯維安無辜地搖搖頭，表示自己也不曉得。

就在這時，有道話聲突如其來地橫入這片寂靜中，同時也像在回應三名少年的疑問。

「有死人，沒死過人。」

那聲音來得太過突然，宛如從黑暗中乍然湧現。

一刻和柯維安幾乎下意識瞄向蔚可可。

「不是！那怎麼聽都不是美少女會有的聲音吧？」鬈髮女孩用力搖著手，腮幫子也惱怒地鼓起來，像是生氣的河豚，「而且聲音分明是從那個方向來的，你們兩個太失禮了啦！」

將蔚可可的抗議暫且擱置一邊，一刻和柯維安飛速再轉過目光。

同時，三名少年也被那道猛地響起的男聲嚇得僵住身子，他們壓根沒想到竟然會有第四個人的出現。

——他們不知道，其實還有三道人影就站在另一邊。

那道太低太沉的嗓音帶給少年們一股顫慄，以至於他們甚至沒反應過來，對方話中的內容含意。

是、是人嗎？還是那個？眼鏡少年戰戰兢兢地和兩名朋友交換眼神，在彼此臉上都瞧見驚懼之色。

你先轉頭看……

才不要！爲什麼不是你？

不然怎麼辦？呆在原地不動，等那傢伙撲過來嗎？

這個可能性讓少年們忍不住哆嗦了下，但也終於讓他們達成共識，說什麼都不能坐以待斃。

下一秒，三名少年咬牙猛地轉過身。其中眼鏡少年還打開了手機的照明功能，冷白色的光束一照，不偏不倚就是照上半截蒼白的下巴。

眼鏡少年的心跳差點停了一拍，他顫抖著手，屏著氣將光束慢慢往上移，然後定格在一雙淺灰色眼瞳上。

即使在光芒的輝映下，那對眼珠裡也照不出任何光采，荒寂得就像灘死水。

可是偏淺的瞳孔顏色天生又透著凌厲感，令人想到動物頻道上曾見過的狼的眼睛。

雖然只是不言不語地注視，也能讓人腳底板竄上冷意，頭皮跟著一陣發麻。

更不用說那能帶來強烈壓迫感的驚人身高了。

當少年們仰高腦袋，對上那雙眼睛的剎那，慘叫聲也跟著在黑暗中炸裂開來。

「嚇啊啊啊！鬼啊！」

三名少年煞白了臉，驚慌失措地往後退。可是退得太急，三人又擠在一起，結果造成所有人都跌坐成一團，照明用的手機也從掌心裡滑脫出去，幽暗立刻籠罩視野。

少年們愈發慌亂，離手機最近的球帽少年心急地探出手，但有一隻手快了他一步。

那名高得嚇人的黑衣男人拾起手機，散發出來的冷光從他的下巴位置往上照，立時使得那張本就偏白的漠然臉孔，刷上一層詭異青白。

「咿、咿！」三名少年的脖子就像被無形大手掐住，逼得他們只能擠出走調的悲鳴。

不能怪他們沒有認出那實際上是一名大活人。

在被傳為鬧鬼地區的荒廢庭園裡，冷不防冒出一抹眼睛嚇人、身高嚇人，還穿得烏漆墨黑的蒼白人影，大部分人都會直覺當成是非人類的存在。

膽子再小一點的，恐怕會被嚇得當場暈厥過去。

「天啊，那傢伙還用那種方式拿手機？不知道那是鬼片裡必備的阿飄打光法嗎？」柯維安簡直看不下去了，他眼帶同情地望著癱坐在地、不住瑟瑟發抖的少年們。

為了避免那幾名年輕人真的被黑令活生生嚇暈——屆時就會換新的鬧鬼謠言傳得沸沸揚揚了——柯維安想了想，決定從背包裡翻出筆電。

筆電的上蓋一掀開，比手機還要明亮的光芒眨眼傾洩而出，頓時也讓精神緊繃到瀕臨極限的少年們轉移了注意力。

「哈囉，小朋友，我們可不是什麼阿飄，是活生生的人類唷。」柯維安單手捧著筆電，面帶親切笑容地自陰影中走出。

一刻和蔚可可也站了出來，手上的手機也替眾人所在的區域增添光明。

柯維安笑得眉眼彎彎，討人喜歡的娃娃臉向來容易使人放鬆心防。

「喔，對了。我說的『我們』，也包括這個大個子。」柯維安笑咪咪地解釋著，不忘眼明手快地一把奪過黑令使用方式錯誤的那支手機，將它遞還給少年中的一人。

「他們家是這座繁花地的擁有者，也就是說你們現在私闖了別人的土地，還是趕緊離開這比較好呢。」

沒了那層冷光的照射，黑令的臉色也恢復正常色澤。

眼鏡少年下意識接回自己的手機，手指緊緊攢著它，瞠大的眼眸傻愣愣地望著那些突然露面的陌生人。

他們看起來一點也不像鬼，而國中生那個，還說黑衣男也是他們的同伴……

恐懼似乎逐漸從體內剝離，三名少年的身子不再抖得那麼厲害。他們再次定睛一看，這才發現把他們嚇得險些魂不附體的那人，原來只是個看起來年紀比他們大的高個青年，黑衣則是一件再普通不過的連帽外套。

雖說灰色的眼珠奇特了些，可是怎麼看都不像是鬼魂。

於是少年們就像被解除了僵直狀態，虛脫地大口喘氣。有人抹去一臉汗水，有人雙手向後一撐，像是隨時會癱軟在地。

「我的媽……嚇死我了……」周邊有手機和筆電幫忙照明，眼鏡少年決定收起自己的手機。他直起上半身，推推鏡架，狐疑地打量起那幾張陌生面孔。

抱筆電的國中生……嘖，年紀比我們小，竟然還叫我們小朋友……鬈髮的那個女孩子超可愛，不知道晚點能不能跟她要LINE或臉書帳號？

在看清唯一的女孩子面龐時，三名少年的眼睛登時都亮了，想也不想地就打算往那湊過去，最好順便能搭訕成功。

只是當他們再望見蔚可可身旁的一刻，眼中的光芒頓時像被一桶冷水澆熄了。

一頭白髮、平常眼神已很嚇人的一刻拿掉眼鏡，陰沉著臉的模樣，簡直就是嚇死人。

三名少年擠成一團，不敢再多瞄一刻和蔚可可的方向，隨後他們的視線回到黑令身上。

「喂，眞的還假的……繁花地是這個人家的？」球帽少年還是一臉難以置信，「這邊不就是個廢墟嗎？」

「你傻了啊？大門外有個『私人土地』的牌子，你是沒看過嗎？」長劉海少年白了一眼，換來同伴嘟囔的抱怨。

「我以爲那就只是掛好看的，誰知道眞的有主人……靠，那些鬧鬼事件該不會是其他人被這大個子嚇的吧？我眞的以爲是活見鬼了，馬的……」

「可是，不是有人傳是紅衣小女孩之類的……欸，怎麼了？你怎麼都不說話？換你傻了不成？」長劉海少年推推眼鏡少年，後者又推扶一下鏡架，可是手指卻微微顫抖著。

「我說……你們是不是忽略了什麼？」眼鏡少年嗓子發乾地擠出話，「我們原本，不是在討論這裡沒有死過人，怎麼會有鬼嗎？可是這個穿黑外套的，好像有接了一句……」

聽著朋友結結巴巴地說著，另外兩人也霍然回想起眞有這回事。

方才被嚇得魂都要飛了，根本沒仔細聽那高個男說了什麼，現在仔細想想……

隨著記憶回籠，少年們臉上恢復的血色霎時又褪得一乾二淨。

「有死人，沒死過人。」

三雙眼睛驚恐地越瞪越大，死死地盯住黑令不放。

那個據說是繁花地主人的傢伙，剛說了什麼……他說這裡，有死人？

繁繁繁花地有死人!?

柯維安是何其靈敏的人，從少年們的視線方向，再結合黑令稍早前說過的話，他一下就想通那幾張年少面龐上的駭然從何而來。

「黑令，這時候就不用再嚇唬這些小朋友了。唔，不對，估計你們可能同樣年紀。」

如果不是記掛著繁花地有死人，三名少年可能會震驚地大叫道：騙鬼啦！最好長這種個子的傢伙會跟他們同年齡？說那個國中生和他們一樣大，他們還比較相信。

只不過這時候他們完全沒有餘力多做思考。他們看見被稱爲「黑令」的灰髮青年慢動作似地眨下眼，然後用著和外表一點也不相襯的慢吞吞語氣開口。

「沒有嚇。繁花地的土，是混著骨灰的土。用你們的眼光來看，這裡的死人，應該是多得數不完。」

繁花地的土，是混著骨灰的土？

剎那間，不止三名私闖進來的少年呆若木雞，就連一刻等人也像是反應不過來，錯愕躍於臉上。

黑令似乎不覺自己語出驚人，說完想說的，就闔上嘴巴，神情冷冷淡淡，又像透著一絲索然無味。

可是其餘人就沒辦法那麼平靜了。

饒是自身身分就是半鬼，柯維安也張大嘴巴，發出了幾個像是哽住的音節，這才總算得以順利擠出話。

「骨……骨灰？人類的骨灰嗎？」

黑令不發一言地點頭。

「在這裡？在土裡？」柯維安聲音不自覺拔尖，「在我們現在踩的土地裡!?」

黑令還沒點頭，屁股正貼著地面的三名少年卻駭得彈起。光是想像自己坐在一堆人的骨灰上，就足以令他們臉上血色全無。

此時此刻，少年們再也不懷疑繁花地鬧鬼的可能性了。

遍地都是骨灰，等於遍地都是死人……救命！怎麼可能不鬧鬼！

大腦接收到這項訊息的瞬間，今夜已飽受驚嚇的少年們，彷彿再也承受不住，立即尖叫著落荒而逃，一秒都不想多逗留。

三道身高相仿的身影跌撞地衝向他們來時的方向，不時還能聽見淒慘的叫聲。

「嗚啊啊！我腳下踩的居然是那個！」

「而且還踩了它們兩遍！」

「別說了！快跑，跑就是了啊！」

三名少年的逃逸，如同把繁花地裡的喧囂一併帶走，很快地，園裡僅剩寂靜，只是這片靜默仍是不自然。

一刻他們現在可不想管那幾名少年逃到哪裡去，他們僵硬地瞪著黑令，不知道自己該不該挪動腳步。

蔚可可的表情看起來最可憐，她踮著腳尖，嬌俏的臉蛋刷白，雙手無意識地揪著一刻衣服袖角，一副手足無措的模樣。

如果身邊人是女孩子，想必她早就彈跳起來，緊緊地抱著對方不放。

黑令忽然搖搖頭，這莫名的舉動眾人看懵了。

「不是。」黑令又說。

然而這聽起來沒頭沒尾的句子，只讓三名神使陷入更巨大的茫然中。

「不是，在我們現在踩的土地裡。」意識到這次連柯維安也跟不上自己的思路，黑令罕見地重複，並且多補上了好幾個字。

蔚可可的身子即刻放鬆，可是下一瞬，又像拉滿的弓繃起。

「不、不是在我們踩的這裡，意思就是……」蔚可可嚥了嚥口水，臉蛋還是微白。

「意思就是，繁花地的其他地方，土壤都混著骨灰？」柯維安小心翼翼地接下話語。

自己曾是亡靈是一回事，踩在別人的骨灰上可又是另一回事。

柯維安自認沒辦法這麼心平氣和地去面對。

「對。」這是黑令的回答。

「那其他地方，是指哪裡？」

「眞正的，繁花地。」

柯維安剛要鬆口氣，又聽黑令說：

「還有，離開欄杆二十公尺的土地。」

「我靠！那我們不就還是踩到了嗎？爲什麼這種事你都不先通知一下的？還有，拜託不要再像擠牙膏一樣地講話，這對心臟眞的超不好！」柯維安炸毛似地跳起，「追根究柢，到底是爲什麼會有人把骨灰撒在這裡啦！不要跟我說是你們黑家的習俗，我才不信！」

「是習俗。」

「……咦？」

比起得知繁花地的土地混有骨灰，眼下黑令給出的答覆，才眞正更令人呆住。

三雙眼睛愕然地瞪著平靜吐出「習俗」這字彙的灰髮青年，感覺自己的認知像要被人刷新一遍。

說起狩妖士中的黑家，反倒是一刻他們接觸最少的。

他們只聽說黑家在三大家中採中立立場，不隨便插手他人事端，但如果真需要他們出力，他們也不會袖手旁觀。

因此就算是在神使公會的妖怪眼中，黑家也算是他們不會特別排斥的狩妖士家族。

可是現在，黑令卻說這個理應具備高度常識、社會性的家族，擁有著會把骨灰撒在廢棄庭園裡的古怪習俗？

這是怎麼回事？

「等等，這不會……太奇怪了一點嗎？」柯維安挑選著措辭，遲疑地問道。

「爲什麼，會奇怪？」黑令還是波瀾不驚的態度。

「繁花地，是黑家的墓地。黑家人死後，屍體火化，骨灰就撒在這裡，讓它們與泥土相混合，成爲繁花地植物的養分。你覺得，屍體就應該好好安葬？但是靈魂已離，那就只是一具遲早要腐爛的肉塊而已，不再被賦予意義。既然如此，倒不如好好使用，將之回饋給大自然。花長得很好，樹也長得很好。這樣，不對嗎？」

就算語速緩慢，但這對黑令來說，也是難得的一次長篇大論。

一刻等人不由得被對方的論點震懾住了。那是他們從未想過，可是也絕對不能說那就是錯誤的觀念。

「我忽然覺得……他說得也很有道理耶。」蔚可可小聲地說。雖然還是感到不自在，但待在這座庭園裡，已經沒有稍早前如坐針氈的感覺，「黑家聽起來，根本就是崇尚自然、保護環境派嘛。」

「加一。好吧，我大概明白薄忍秀爲什麼不要我帶符芍音一起來了。」一刻抹把臉，想起那名黑髮少年當時無意中洩露出的欲言又止。看樣子，他也知道繁花地的眞正意義，才會委婉地以另一種理由來表示，「靠杯，搞半天原來這邊是黑家的墓地……」

「你……」柯維安也出聲了。他舔舔嘴唇，在意的點卻和另兩人截然不同，「先不管這趟是我自己要求的，你中午特地帶我們來繁花地，你帶我們來看你家墓地？」

「對。」

「對個頭啦！誰會帶朋友來參觀墓地的？你的神經是有多粗？」

「和平常人，一樣細。但繁花地很有名，有名，就是觀光區。」

柯維安抽了一口氣。這傢伙說得好理直氣壯，而且他還找不到話來反駁怎麼辦？不行，這樣有違他「能言善道的美少年」稱號！

柯維安的不服輸湧了上來，連自己踩過的地面可能就混著骨灰一事，都被他拋到腦後。

然而當柯維安準備再張嘴，卻被其他聲音倏地截斷了。

那不是在場人的說話聲，更甚者，那不是有人在說話。

而是，有誰在歌唱！

空靈的稚氣歌聲乘著夜風從繁花地的某處飄來，可以隱約辨認出是小女孩的聲音。

聲音優美清澈，在深闇的夜空下像一條小河，蜿蜒地流淌過聽者心底。

不論是誰在歌唱，那人無庸置疑地都有一副好嗓子。

可是現在是午夜十二點過後，這座荒廢但實爲黑家墓園的繁花地裡，會是什麼「人」在唱歌？

瞬間，三名神使的腦海中皆閃現過今日在手機照片上看到的那抹嬌小人影。

頭覆紅紗，身裹赤紅衣裙的……

「小白！」柯維安立即衝著一刻喊。

一刻點頭，果斷地一揮手，「追過去！」

這一次，即便是黑令也沒有耽誤速度，偕同另外三人，迅雷不及掩耳地追尋歌聲，深入眞正的繁花地內部。

第七章

一開始，一刻等人對於自己腳下踏的可能是骨灰，心裡還有些許介懷。可是過不久他們就反應過來，如果太過束手束腳，只會增加行動上的阻礙。

於是他們在心中默唸一聲抱歉，對於落腳處不再有所猶豫，飛也似地奔跑在石板及泥土地之間。

歌聲還在持續。

越是接近，越能發現歌聲是由無數古怪難辨的音節交織而成，宛如不屬人類能夠理解的語言。

發揮全力的神使和狩妖士快得有如離弦之箭，鞋尖才點地便又拔起。

倘若這幕落入他人眼中，恐怕要產生了那四道身影其實是足不沾地的錯覺。

隨著一刻等人深入繁花地內部，不止地面產生了變化——鋪設的石板路夾雜在花叢樹木間，錯縱得像是座迷宮——四周的植物種類也霍然一口氣暴增許多。

九重葛、百日菊、矢車菊、木槿花、朱槿花……那些叫得出名字或叫不出名的花朵，綻放得比外圍還要華麗盛大。雖然枝葉經過修剪，沒有失控地往旁擴展，可是那重重疊疊的花瓣猶如盛綻到了極致，下一秒隨時可能會凋零。

但是它們沒有。

它們以最完美的姿態示人，好似時間被凝止在這一刹那，有種說不出的妖惑詭異。

一刻等人自是留意到這份異常，只是他們奔跑的速度依舊未減，就怕歌聲驟然歇止，斷了追蹤的線索。

很快地，他們離歌聲更近。

一排自地面拔起的翠綠樹叢也躍入他們眼內。

被夜色吞去邊緣輪廓的樹木栽種得相當密集，它們緊緊排列在一起，不留間隙。乍看下，就像矗立於黑暗中的一堵牆。

「我來。」黑令嗓音低沉，伴隨著那簡潔的兩字溢入空氣，他的掌間瞬間平空浮現一柄銀紫色的巨大旋刃。

像是無數絢爛光點組成的鋒利兵器，猝地就要往成排樹木揮斬過去。

說時遲、那時快，盛密的樹枝猛然像擁有生命力般急遽退縮，恰恰在黑令的旋刃觸及它們之前，爲這群外來者開啓了道路。

見障礙已消，黑令煞住刀勢，旋刃轉眼又像流螢似地崩散，消失在他手中。

縱使摸不清眼下的發展，一刻等人也不打算白白錯過機會，他們立即閃身進入。

但就在幾人踏上地面的同時，展開在他們面前的畫面，可說令他們始料未及。強烈的驚愕衝擊上一刻他們心頭，使他們一時間竟說不出話來。

當然，除了黑令以外。

這名灰髮青年的眼底，並沒有因爲前方的奇異景象流露波動。

樹叢之牆後方，赫然藏有一片寬敞的圓形廣場。

石板鋪展成扇形的圖案，一棵碩大樹木栽於中央。從高度來看不算太高，但樹幹粗壯，得兩、三人方能合抱。濃綠的葉片和錯綜的樹枝宛如組成了一座亭蓋，間隙還能看見無數花苞點綴其中，尚是閉攏的花瓣透出暈染般的薄紅色。

而一刻他們能看得如此清楚，並非全是自身眼力好的緣故。

這座矗立著多叢矮小、可也有一人高樹木的廣場上空，一顆又一顆的赤艷光球懸浮在夜幕底下。

它們的體積如碗大，光亮足以驅散周邊幽暗。有那麼多光球照耀，不用特別費力，也能將周遭景物看得一清二楚。

假使再仔細定睛一看，就會發現光球的構造其實是一圈光膜將赤色包覆其中。那抹赤色呈半透明，不規則的邊緣向外伸展爲數瓣，彷若一朵朵琉璃花，或一盞盞琉璃火。

這是一幅夢幻而迷離的景色。

可是一刻他們注意的，卻不是那些虛幻光球，他們的目光緊盯住廣場中央的那棵大樹。

其中分岔而出的一根結實樹枝上，一道嬌小人影正側坐於上。

從身形看是名稚幼的小女孩，艷麗的紅紗蓋住了她的半張臉，同樣滾著華美金邊的紅衣包裹住那具身子。長長的裙襬從樹枝上垂曳下來，像傾瀉的一道灼灼流火。她的懷中還抱著一個金色鳥籠，可籠裡關的卻是隻散發熒光的紫色蝴蝶。

一見到那蝴蝶，一刻反射性地繃緊了背，那顏色讓他忍不住回想起日前的引路人。

小女孩似乎渾然未覺廣場上有人入侵，她昂著下頷，繼續哼唱著奇異的歌謠，像是夜間一隻不疲倦的紅色鳥兒。

夜半歌聲，恐怕這就是繁花地鬧鬼的由來……一刻將視線從紫蝶上移開，瞬也不瞬地望著樹上的紅色身影。

那些過分鮮明的特徵，亦證實了對方就是他今日接連兩次見到的那名孩子。

她是誰？難道眞的是所謂的「管理人」嗎？

這疑問在一刻心裡翻轉，不待滑出舌尖，也想到同樣事情的柯維安已快一步先開口。

「黑令，那是你們黑家的管理人嗎？」柯維安自認音量壓得相當低，差不多是竊竊私語的程度。

可是就在這瞬間，歌聲霍然中止。

廣場上被死寂包圍，樹上的紅衣小女孩慢慢轉過頭。頭紗遮住她的雙眼，然而底下的所有人都能感覺到，有股銳利的視線往他們身上刺來。

他們可以清楚感受到，那名小女孩注視著他們。

「爲什麼……」稚氣卻異常優美的嗓音打破了這份寂靜，「有人闖進這裡？爲什麼你們可以進來宿鳥的家？」

「宿鳥？小妹妹，這是妳的名字嗎？」柯維安揚起開朗和善的笑臉，他像是要表明自己這方沒有惡意地舉高雙手，「我們是聽到歌聲才過來的，妳唱得眞好聽。我可以問一下嗎？妳是繁花地的管理人嗎？」

「宿鳥不是管理人，末藥才是，宿鳥就是宿鳥。」小女孩的嗓音彷彿天籟，「但你們不是末藥，只有末藥才能進來這裡。」

吐出的字句卻是滲著濃烈的敵意。

「宿鳥不歡迎不是末藥的你們，宿鳥認爲你們是敵人。」

「敵……什……！」柯維安笑意凝固，他甚至還來不及問出「末藥」是誰，自稱「宿鳥」的小女孩已伸手抓探向樹梢的一顆光球，猝然捏碎。

「啪」的一聲，像是水球濺散，又像是泡泡破裂。

那等同一道訊號。

霎時，無數沙沙聲乍然自一刻等人後方響起。

眾人猛地回頭，闖入他們視線內的，竟是難以計數的詭異生物。

不，說生物也不對。因爲它們是由諸多枯枝、乾草，還有腐花編織成動物外貌的存在。缺了一足的狐狸，失了單翼的飛鳥，長出雙角的大蛇……各種脫離常理的動物簇擁在一起，像是暗色的潮水，每一前行就帶出更多令人頭皮發麻的沙沙聲響。

更糟的是，就連那些環立在廣場外側的樹木也在蠢蠢欲動。樹枝開始延展，像是長鞭般揮擺著，好似下一秒就會齊齊揮甩出來。

「不是吧……」柯維安自喉頭擠出了呻吟，「小白，難道是我哪裡說錯了？照理說，那名小蘿莉不是應該要熱切歡迎我這個帥氣大哥哥嗎？」

「她確實很『熱切』。」一刻在最後兩字加重了音節，聽起來更像在罵著「我操」。

一刻的確想罵髒話。莫名其妙出現在他身邊打轉的是那個叫宿鳥的小鬼，可是當他們主動找上門，對方卻是不分青紅皀白地要攻擊他們。

「宮一刻，我們現在……」蔚可可苦著臉，不至於遲鈍地把眼前陣仗當成歡迎他們的儀式，「你覺得我們現在什麼也不做，直接離開的成功機率有多……」

轉瞬間刺下的旋刃不止阻斷蔚可可未竟的話，也將一條枯枝大蛇刺了個對穿。

黑令神色平淡，手腕一動，那條大蛇就被他挑起，眨眼扔擲向廣場中央，也就是宿鳥棲據的大樹底下。

無論黑令有意或無意，這都被視作赤裸裸的挑釁行為。

「……低。」蔚可可哭喪著表情，將原本的「高」改成另一個字。

如果說宿鳥方才捏碎光球，是召出那些古怪生物的訊號，那麼黑令此時的舉動，無疑就是直接點燃了戰火。

「宿鳥不喜歡不是末藥的你們，宿鳥的朋友也不喜歡。」宿鳥將鳥籠擱放在樹枝上，暗紫色的蝴蝶在籠裡轉圈飛舞，像是在應和她的話。

一襲紅衣的小女孩躍下大樹，然後仰頭，霍然放聲喊出尖利的聲音，聲波就像要刺穿人的耳膜。

即使雙手用力摀住耳朵，依然抵擋不了那份波動帶來的疼痛。

與此同時，無形的勁道以宿鳥立足點為中心，猛然呈輻射狀散開，撞上了不及防備的一刻等人。

所有枯枝生物趁隙一窩蜂擁上，張牙舞爪地展開攻擊。

雖是用枯枝、乾草、腐花組成的身體，但它們的齒爪皆堅硬鋒銳，有如金屬質地。

一刻等人很快就被撕抓出數道血痕，刺痛像火焰燒灼，連帶也把一刻本就積累的憤怒點燃為熊熊大火。

「我操你媽的！」一刻雙眼戾氣湧溢，不顧自己的掌心會被割得傷痕累累，猛地徒手抓住一隻覆著利羽的飛鳥的脖子，左手無名指閃現橘紋。

在光芒閃爍的倏忽間，那隻飛鳥發出淒厲鳴叫，像承受莫大的痛苦。

一刻理也不理，粗暴地將那隻鳥摔砸向另一邊的枯枝生物，替蔚可可爭取反擊空隙。

鬈髮女孩沒有錯過這大好機會，立刻往旁邊一滾，順勢一腳抬起，用盡力氣將撲來的敵人狠踹出去。

蔚可可旋即撐地躍起，右手手背碧紋伸竄。當末端靜止在中指指尖的剎那，閃耀著碧光的長弓和利箭已然成形。

蔚可可毫不猶豫地左右開弓，長弓和光箭都被她當成了武器，大力搧打向兩側更多的敵人。

下一秒，蔚可可心急大叫：「小安小心！」

同時手上弓箭絲毫不敢怠慢地搭起，弦放，光箭疾速射出。

隨著耀眼的一束碧光貫穿一隻枯枝猛獸的腦袋，柯維安也發覺到壓制在頸上的利爪一鬆，他連忙使力推開上方的龐然身軀，按著脖子，急促地咳了好幾聲，再拚命地汲取新鮮空氣進入胸腔裡。

沒想到就在這當下，一根樹枝由後悄無聲息地快速纏來，目標就是柯維安還留有傷痕的頸項。

千鈞一髮之際，一道絢麗的銀紫光芒釘住了那根樹枝，鋒利的尖端將之釘在地面。

樹枝頓時就像被扎了七寸的蛇，只能徒勞地死命掙動。

柯維安抬起頭，順著那柄銀紫旋刃，直到望進黑令半隱在兜帽底下的臉。

「謝了。」柯維安的聲音被勒得還有些嘶啞。

「朋友幫忙，不用謝。」黑令的灰眼珠平靜如水。

柯維安咧開一抹笑，迅速跳了起來。有黑令在旁攔阻那些古怪詭異的生物，讓他獲得了足夠的時間。

「就算是超可愛的小蘿莉，也不能做人這麼不講道理啊！」柯維安抽出筆電，手指飛也似地探入螢幕中，蘸染艷麗金墨的巨大毛筆轉眼間脫離螢幕而出。

將筆電再扔進背包裡，柯維安大力將筆尖往下一摁，隨後揮毫出一串潦草古字。

「小可、小白、黑令，退開！」柯維安大喊，猝地往前直奔，在金字上又疾速勾拉出一痕筆劃。

「開、破、斷，重裂！」

熾烈金光大亮，瞬如無數利刃自地拔起，向兩側飛快延伸。鋒利的光芒將攻擊路徑上的生物都刺了個對穿，將它們懸吊在半空，足足靜置了好幾秒，才隨著金光的驟然消隱，七零八落地摔墜在石板地上。

像是被這番驚人的威力震懾住，本欲偷襲的樹枝硬生生止住了行動。

然而誰也沒有料想到，那被人忽視的金色鳥籠內的紫蝶突一振翅，一束暗紫色的絲線快若流星地從籠內疾竄出來，頓時扎碎了數顆赤艷光球。

柯維安的「那是蝴蝶還是蜘蛛」的驚嚷還卡在喉中，盛大的奪目光輝已在夜色下炸裂開來。

一切景物像是要被那片赤紅吞噬。

一刻等人被逼得反射性閉上眼。

所幸赤光在一、兩秒後便消失殆盡，只是那抹艷紅依稀還殘留在眸底。

柯維安連眨了好幾次眼，可是當他再張眼，視野霍然再次被緋紅侵佔。

不是刺眼的紅光。

是宿鳥！

猶如身披紅嫁衣的小女孩像鬼魅般落足於柯維安身前，她足不沾地，被頭紗覆住的臉孔近得像是即將和柯維安額抵著額。

柯維安大腦一片空白，驚嚇讓他這瞬間喪失了閃避的先機。

「宿鳥不是人，爲什麼要講道理？」宿鳥稚氣無邪地說，近乎曳地的裙襬倏地像注入生命力的流火，眼看就要將呆滯的柯維安一舉包纏住。

「柯維安！」

電光石火間，一隻大掌猛地自旁探來，險之又險地橫插入娃娃臉男孩與紅衣小女孩間。猝來的黑影讓柯維安反射性雙眼一閉，腳下跟著踉蹌地向後跌退，也因此他沒看見在這一瞬間發生的事。

一刻的手指粗暴地扣住宿鳥的臉部。

當對方的身分轉換爲「敵人」，手下留情這個概念就完全不存於他的考量中，更遑論去在意對方是不是孩童。

一刻驟然發勁，扣著宿鳥的臉，發狠地將她整個人往地面重重壓制下去。

那具嬌小身軀撞上堅硬的石板，頭紗下的眼眸遽然大睜，眼皮顫動的細微觸感透過布料，傳遞至一刻的掌心下。

一刻不知道對方是因爲疼痛或其他原因，但就在他的手指想抽離時，十隻潔白的指頭無預警緊緊抓住了他的手腕。

「是你！宿鳥沒發現是你！」宿鳥像用盡力氣般大叫一聲。

「什……」一刻懵了，連帶所有反應也慢上那麼一拍。

宿鳥垂散的裙襬再次像火焰飛揚起，卻不是欲包覆住一刻，赫然是朝天捲向自上空射來的暗紫絲線。

「他不是敵人！就算是宿鳥的朋友，也不能攻擊他！」稚嫩的童音拔得凶狠，該是柔軟質地的衣料整齊地割斷了來自籠中紫蝶的絲線。

但這幕落在他人眼中，只會以爲那抹醒目的艷紅打算攻擊一刻，給他致命一擊。

說時遲、那時快，凶猛的緋紅烈火衝破夜色一角，在高空分爲數支火焰之箭，筆直地疾墜而下，從四面八方釘穿了那一大片艷紅色彩。

同時，另一股力道驀地捲上一刻的四肢。不待他反應過來，那力道已一把將他拽離原處，使他跌坐在安全的位置。

「小白！」

「宮一刻！」

柯維安和蔚可可心急奔上，手忙腳亂地想扶起白髮男孩。可是一看清纏在他手腳上的物體，愕然立即躍入兩人眼底。

那分明是……

「三個人。」黑令突地說。

似乎在印證黑令的話，宿鳥剛撐起身子，試圖擺脫那些火焰箭矢之際，一束銀白閃光緊接著撕裂黑暗，風馳電掣地沒入了宿鳥身前的地面，當場將石板扎刺得迸裂出一小片宛若蛛網的裂痕。

銀白閃光的本體高大又滿是壓迫，初看以爲是威風凜凜的銀槍，可再一細看，就會發現那竟是一柄修長的斬馬刀。

如果說火焰的出現還讓一刻對來人存有丁點懷疑，那麼斬馬刀的登場，登時讓那僅存的懷疑煙消霧散。

「曲九江、符芍音！」無暇顧及自身的狀況，一刻厲喝道：「給我出來！」

從不同方向的樹影下，各自走出了一大一小兩抹人影。

大的是名鬈髮青年，本該是淺褐的髮絲，如今化染成火焰狷狂的紅。銀星似的眼瞳盡是傲氣，在瞥向宿鳥時，更是揉雜了一股冰冷的殺意。

小的則是和一刻同樣有著一頭白髮的小女孩，鮮紅色的大眼睛和梳得柔順的長馬尾，令人不由自主聯想起溫馴的白兔。只不過那張青稚的小臉上卻毫無表情，破壞了照理說該是討喜的神態。

「小芍音和曲曲曲九江!?」柯維安大受打擊地跳起，其悲慟的神情不亞於「做哥哥的發現寶貝妹妹竟然交了一個男朋友」。「爲什麼小芍音妳會是跟曲九江一起出現啊！」

「散步，陪他。」符芍音一絲不苟地說。

「靠！曲九江你幾歲了？居然還要小朋友陪？」一扯到符芍音，柯維安的判斷力就像被藏了起來，不由分說地指著曲九江怒斥，「太不要臉了，我都沒跟小芍音散步過！」

「你再多吠一句，信不信我撕了你的嘴，室友B。」曲九江陰寒地說，「明明是那個白毛小鬼要我跟她一塊過來這鬼地方的。」

「不叫白毛，符芍音。」符芍音很堅持。

曲九江理都不理，銀眸隨即冷瞪向一刻，「小白，你的智商是拿去餵狗了嗎？如果不是小白毛來敲我房門，我還眞不知道我的神竟然白痴到想把事情瞞著不說，看看你現在的樣子。」

「幹！爲毛被你一說，搞得老子像斷了腿還斷了手的……你他媽是狗嘴吐不出象牙嗎？」一刻向來就不是罵不還口的性子，他險惡地回瞪過去，舉手就是衝著說話刻薄的自家神使比出一記中指。

只是他才一抬起手，就感到臂上傳來一股束縛感，讓他的手臂沒辦法好好活動。

一刻這才想起來，剛剛的確有東西把他拉離了宿鳥身邊。他偏頭一看，眼眸立即驚訝地大睜。

纏縛在一刻手腳上的，是數條青碧藤蔓。

一看到藤蔓，一刻第一時間只想到一個名字。但是，她不是應該待在繁星市楊家嗎？

「珊琳……？」一刻無意識地喃喃，沒想到他這一聲眞的引來了回應。

「小白大人，你、你怎麼會知道是我？」有條人影忸忸怩怩地走出來。

她的個子和宿鳥、符芍音差不多。和另外兩人鮮明的赤紅、雪白不同，她就像是被不同深淺的碧色環繞；長至腳踝的髮絲一側往後梳綁，露出光潔的額頭和清秀的臉蛋。另一側則是垂放下來，遮覆著半邊臉，身上的服飾近似民族風，還赤著雙腳。

她的髮絲碧綠如山林，眼眸深棕如泥土……

微紅著臉，走入一刻他們視野中的不是別人，竟是楊家的下任守護神，如今尚是山精身分的珊琳。

第八章

「我靠！還眞的是珊琳妳？」一刻大驚，他本來就是抱著不確定的心情猜測，誰知道對方眞的冒出來。

「是，我是珊琳。小白大人不是早就知道我的名字？難道說，小白大人剛突然想不起來了？」珊琳困惑的神色猛地轉成緊張，深棕的眸底好似也染上一絲水氣，「那百罌呢？小白大人沒有忘記百罌吧？」

「不，我……」一刻啞然。他試圖解釋自己只是震驚珊琳的出現，才忍不住重複喊了她的名字，絕不是忽然犯起痴呆。

但這過程似乎太複雜，最後一刻放棄般只憋出一句，「我沒忘，我當然還記得楊百罌。」

小山精立刻破涕爲笑了。她開心地奔向一刻，待她靠近，一刻身上的綠藤也自動抽離，掉落在地。

「是珊琳！天啊……好久不見的活生生小天使！」柯維安努力壓抑滿腔的激動之情，但還是掩不了一雙閃閃發光的眼睛，「唔啊，要不是時間、地點都不對，我眞希望珊琳能給我一個愛的擁抱！」

「維安大人好，可可大人也好。」珊琳乖巧地向另外兩名神使鞠躬，「可是百罌交代，要和維安大人保持適當距離才可以。」

「嗚，班代還是那麼殘忍……」柯維安傷心極了，他吸吸鼻子、按著胸口慢慢站起，「不過這種小挫折，打擊不了我這個颯爽美少年的……所以這就先放到一邊去，畢竟我們還有更重要的事必須先處理。」

柯維安口中「更重要的事」，對一刻等人來說，自是不言而喻。

暫時壓下對珊琳在此地現身的疑惑，數道視線不約而同地盯住了遭受鳴火火焰與斬馬刀牽制的紅衣小女孩。

「有跟末藥一樣的味道。」宿鳥沒做出任何抵抗，只是撩起頭紗，朝珊琳嗅了嗅。

在火光照耀下，那是一張秀美的小臉。一雙眼眸呈現紅銅色，隱隱帶著金屬光澤。

「宿鳥明白了。」稚氣的嗓聲隨即揉入一抹恍然，「是她的味道，所以你們才能進得來，沒有被阻擋。」

被阻擋？一刻突然憶起那排為他們自動讓路的樹之牆。

照宿鳥的說法來看，是因為珊琳跟在他們後方，而珊琳又有著和那個叫「末藥」的同樣的氣味，他們才會一併被放行的嗎？

「末藥？」出人意料地，率先對這名字有反應的竟是珊琳，那張清秀的臉蛋浮上詫異，

「這裡的山神大人？妳認識這裡的山神大人？」

「山、山神!?」柯維安震驚地脫口喊道：「等一下，爲什麼會忽然扯到神？而且珊琳妳也認識？」

「我不認識呀。」珊琳誠實地搖搖頭，她的這番回答不禁讓眾人一愣，「我也是聽這裡的山精說的。維安大人，我們山精之間也有聚會。這次就是收到消息，才和其他山精一起來到這。我有跟百罌說了，不是偷偷跑出來的。」

像是回想起自己當初的「離家出走事件」，珊琳困窘地垂下眼，白嫩的臉頰染上淡淡紅暈。

接著珊琳又正正神色，認真地對曲九江說道：「九江偷溜，百罌很不高興。」

曲九江面無表情地咂下舌。

「呃，也就是說……珊琳是參加山精聚會，才會來到繁花地附近，然後看見我們，再跟在我們後面？」柯維安拼湊著線索。

珊琳點點頭又搖搖頭，她害羞地補充：「中午，就看到小白大人在一幢屋子裡，被很像小白大人的小孩看到了。」

眾多目光齊唰唰地再轉向。

「綠色，看到。」符芍音承認，大大的紅眸瞅著珊琳，「楊家主提過，記得。」

「眞的嗎？百罌有跟妳提過我？而且妳也記住我了？這樣有點開心。」嬌憨的笑容在珊琳的小臉上綻放，眸底就像有星光閃爍。

「好可愛啊，小白你也這麼覺得，對吧？可是她們剛剛好像成功完成交流了……這不公平，小白，爲什麼我就不能？」

「因爲你是骯髒的大人了。閉嘴，別吵。」一刻冷酷地厲了一眼，末了還身體力行地乾脆摀上柯維安的嘴巴。

如今不管是曲九江、符芍音或珊琳的出現，都有了合理的解釋。

唯一剩下的就只有……

一刻緊攢著眉，嚴厲地望著宿鳥。

即使受到緋紅烈火環繞，宿鳥也依舊是乖巧溫馴的姿態，和先前展現出凌厲攻擊的模樣判若兩人。

「妳叫宿鳥吧？妳認識我？」一刻問道。

「不認識。」宿鳥給出了一個意想不到的回答，彷彿沒看見眾人驚愣的眼神，她微歪著頭，吐出優美清澈的嗓音，「可是你像末藥，末藥是宿鳥最好的朋友，所以宿鳥覺得你不是敵人。剛剛沒有注意到，攻擊你和你的朋友，宿鳥感到很抱歉。」

宿鳥的小手撕開長裙下襬，擺脫了斬馬刀的釘制。她笨拙地站起，忽然朝著一刻他們彎身道歉。

「宿鳥要再說一次，對不起。」

這簡直峰迴路轉的發展，不由得令多數人愣住。

一刻更是呆滯，壓根沒想到會是因爲自己和那名末藥有幾分相像，才導致宿鳥在他周遭出沒。

「可以，原諒宿鳥嗎？」宿鳥小心翼翼地問，雙手拘謹地擺在身前，這些小動作展露出她的一絲不安。

一刻可沒有小心眼到會和道過歉的小孩子再計較下去，更不用說一旁的柯維安拚命朝他使著眼色。

甜心，原諒她、原諒她、原諒她！否則小天使教的教徒們會對你群起討伐的！

「吵死了，我什麼都還沒說吧？」一刻不爽地拍開那張趁機又貼靠過來的娃娃臉。

「小白，人家明明什麼都還沒說啊，最多用眼神表達而已嘛。」柯維安委屈地抗議。

「你的眼神，吵。」從黑令那邊慢悠悠飛來一句。

「靠，你這電波系倉鼠才閉嘴啦。」柯維安委屈的表情頓時卸下，換上惱怒。

「可以原諒宿鳥嗎？」宿鳥執拗地再問道，似乎沒得到肯定答覆前不會放棄。

一刻耙亂白髮，吐出一口氣，示意曲九江熄了火焰。

「不須要說什麼原不原諒……嚴格來講，我們也算闖入妳的地盤，就當兩邊扯平吧。」

聽出一刻沒有對自己生氣，宿鳥的嘴唇揚起欣喜的弧度。她咯咯笑起，笑聲像清脆的成串鈴鐺互相敲撞。

「宿鳥開心！」宿鳥揮高手臂，同時像有股無形力量牽引，早先被她擱在樹上的鳥籠飄落至手中。

振翅間會撲簌灑下點點熒光的紫蝶靈巧地飛繞幾圈，進而蹭著宿鳥的指尖。

「這是宿鳥的朋友，蝴蝶。」

似乎明白小女孩在介紹自己，紫蝶再次拍拍雙翅，又落下熒光，像是微小的星子閃動。

那是隻相當美麗的蝴蝶，可是不管是一刻、柯維安或蔚可可，現在對紫色的蝴蝶都抱持著一份複雜的心情。

之前的引路人事件，多多少少讓他們在心裡留下了陰影。只要看見紫蝶，就會忍不住回想起那名周身跟著紫蝶的紫髮少年，以及脫逃成功的符廊香……

「不行，振作、振作。」蔚可可連忙拍拍臉頰，迅速打起精神，「宿鳥，那位未藥真的和宮一刻……啊，就是這個眼神很凶，可是其實人很好，雖然品味有點怪的大哥哥很像嗎？」

「喂！」一刻怒瞪一眼，顯然不滿意蔚可可對他品味的評論。

「很像，大概這麼像。」宿鳥認真地比劃出一段距離，只是看在眾人眼中還是很茫然。

「不過末藥是綠頭髮。他說山神都會是綠頭髮，不管原本是什麼。末藥很溫柔、很溫柔，時常來這裡，宿鳥最喜歡他了。」一襲紅衣的小女孩再次用力伸揮雙手，露出燦爛的笑靨，紅銅色的雙眸裡跟著晃漾著奪目光采。

「最、最喜歡！」宿鳥轉動一圈，被撕扯得參差不齊的裙襬一併晃出層層波紋，彷若鮮活流動的赤火。

下一秒，那抹火焰般的嬌小身影猝不及防地接近一刻。

宿鳥的速度如此之快，好似她上一秒仍停留在原地，下一秒就直接出現在一刻身前。

「你像末藥，宿鳥也喜歡你。」宿鳥雙手背後，頭顱昂高，天真無邪地笑著說，「宿鳥可以抱抱你或親親你嗎？」

「啥!?」一刻像是被這名小女孩的告白震住了，下意識只能擠出這個略高的音節。

不待他再說出任何話，另外兩道叫喊已迫不及待地劃過廣場中央。

「當然不行！」男孩和小女孩的聲音幾乎異口同聲地疊在一起。

柯維安吃驚地看著珊琳，珊琳卻沒看向他。

綠髮的山精一個箭步衝至一刻面前，伸手阻擋在他與宿鳥中間。

「不行！小白大人他是百……」珊琳心急地就想大喊出白髮男孩該是屬於自己負責守護

的楊家家主的，可是猛然又憶起楊百罌還沒有將心裡的愛慕正式向一刻坦白，況且楊百罌也不喜歡借他人之口說出。

不行，不能隨便說出來，要百罌自己說才有意義！

但、但是那個叫宿鳥的女生對小白大人告白了，甚至還想親他！她要幫人不在這裡的百罌好好守護小白大人才可以！

越是奮力思考，珊琳的腦海就越是亂成一團。

混亂中，珊琳慌慌張張地脫口喊道：「小白大人是我的！」

霎時，古怪的死寂降臨在這座廣場上。

那一張張臉孔不是目瞪口呆，就是面無表情。

一刻、柯維安、蔚可可自然屬於前者；符芍音、曲九江和黑令則是後者。

宿鳥的表情看起來天真又疑惑。

珊琳怔怔地和眾人對視好半晌，才恍然大悟自己究竟喊了什麼，鮮艷的紅色瞬時沖上她嫩白的臉蛋。

「不是、不是！我不是……」珊琳手足無措地搖著手，另一手絞著自己的衣角，整張臉紅艷艷的，眸裡微閃著慌亂的水光。

同時，有人的臉色卻是「唰」地白了。

「小安？小安？」蔚可可戳戳呆若木雞的柯維安，後者沒動靜，連總是迎風搖曳的那撮髮絲也像石化住，「宮一刻，小安他變得像燃燒完的灰燼，整個人都變成灰白色了！」

一刻沒空理她。

這名白髮男孩某方面也受到了相當強烈的衝擊，他這輩子從來沒有想過有一天自己會陷入這般境地。

宿鳥就算了……忽然跑出一個珊琳又是哪招……

「恁娘啊，這啥靠杯的發展……」一刻單手摀著臉，無力地垮下肩膀。

「早戀。」黑令打了個呵欠，在呵欠收尾時，剩下的兩字跟著掉落下來，「不好。」

雖然沒有明確主詞，不過看得出來，黑令這話是對著珊琳和宿鳥說的。

但這簡單的四個字，卻像霍然驚回了柯維安渙散的神智，他一震，猛地蹦跳起來。

「呸呸呸，誰早戀？不管是宿鳥和珊琳都是小孩子，小孩子才不會那麼早談戀愛！就算對象是小白，我……我也不會允許的！這簡直就是過分中的過分，為什麼是向甜心你而不是跟我告白呀？」

一刻不止是垮著肩，他還想大大地翻一下白眼。

「你，太矮？」黑令以毫無幹勁的語氣說，這一句戳得柯維安登時炸毛了。

「誰跟你這巨人族的一樣！我這身高配小天使多剛好你知不知道？」

「珊琳我不小了，我比維安大人你們的年紀還大一點呢……」

「宿鳥也不小，宿鳥超過八十歲。」

柯維安倏地停下喋喋不休的嘴，他轉頭看看珊琳，再望望宿鳥，然後乾巴巴地說：

「……啊，是不小了，還眞看不出來。」

不過柯維安也不是會在年紀上糾結太久的人，畢竟公會就有一名頂著正太外表的六百歲老妖怪了。

「總之，重點不是這個。」柯維安一轉眼就重打起精神，「重點是，珊琳妳下次該對我說出那句話的。而宿鳥……宿鳥妳不是有末藥了嗎？妳可以去對他……」

「維安大人！」珊琳冷不防大叫一聲，早先的艷紅從小臉上褪下，取而代之的一股難以言喻的緊張和焦急，「那個，末藥大人其實已經……我們山精到這，就是爲了悼念他……」

「咦？」柯維安的思路一時有些打結。

悼念的意思……是那個悼念吧？

終於領悟過來那兩字的含意，柯維安乍然瞠大眼，「不、不是吧？也就是說……」

「也就是說……」珊琳絞著手指，眼角覷著宿鳥，像是怕勾起對方傷心回憶地小心說道：「末藥大人……在前陣子就已經不存在於世上了，以我們的說法就是回歸於自然中，一切都還予土地，滋養土地上的萬物……」

「胡說！」宿鳥尖銳的叫喊霍地打斷了珊琳。

紅衣小女孩的嘴唇和下巴線條都繃得緊緊的，眼底像淬上火焰，就和她的衣裙同樣奪目，手指攢成拳狀。

「末藥才沒有不存在，他只是睡著了，宿鳥會重新叫醒他的！蝴蝶也說宿鳥可以叫醒末藥，讓他醒過來的！」

「不是，宿鳥妳聽我說……這裡的山神，末藥大人眞的不存在了。」珊琳努力地組織語言。她也曾經歷過失去自己山神的痛，因此她更希望能讓宿鳥明白，「但是，雖然他消散於天地，天地間仍依舊留有他的痕跡……他只是以不同的方式留下……」

「宿鳥不聽！」童稚的嗓音染上了淒厲，原先環繞在宿鳥身周的欣喜氛圍消失得一乾二淨，取代的是勃發怒氣，就連垂散的裙襬、頭紗都像要燃動起流火。

「宿鳥，這裡將會誕生新的山神，末藥大人不可能再醒過來，他已經消散……」

「宿鳥不會相信妳的話，就算妳和末藥有同樣的氣味也不相信！宿鳥絕對能叫醒末藥，宿鳥不喜歡你們詛咒末藥！不行、不行，誰都——不行！」

宿鳥喉中迸出了高亢的嘶喊，就像泣血之鳥在悲鳴。

這聲喊叫化作實體的波動，在宿鳥猝然蹲身、雙手拍地的瞬間，音波伴隨著地面的震動一塊朝外擴散。

「小白大人！」珊琳心裡焦急，想也不想地也蹲身拍地。可是當她的雙掌觸及地面，卻感受不到熟悉的波動。

這裡的植物沒有給她回應。

「什……！」珊琳失聲喊道。

衝擊波已在同一時間衝撞過來，環列在廣場外圈的成排樹木像活過來般伸展樹枝，勾捲住被音波震飛的眾人，再將他們遠遠地朝更外側一拋，一下子就和廣場拉開一大段距離。

樹木又沙沙沙地移動，密集地圈圍起來，重新掩蓋住廣場內的景象。

樹枝拋扔的力道雖然看似粗暴，卻也沒有讓一刻等人摔跌得太重，只是或多或少在落地時感到些許疼痛。

幾個身手比較靈敏的，更是在落地前便已穩住身勢，讓自身能迅速站起。

「我的屁股啊……嗷嗷嗷，我覺得它要裂成兩半了……」柯維安當然不是身手靈敏的那個，他撫著臀部，哭喪著臉哀嚷。

「小安，人的屁股本來就是兩半了。」蔚可可也跌得有點狼狽，但很快就爬起，「我老哥總是用這句堵我……都不想想他那運動神經，和我這柔弱美少女是天差地別。」

「不要把那種虛假的形容詞套在自己身上，妳那根本叫廣告不實吧？」一刻分了些心思吐槽。他也是摔坐在地的一員，不過最主要的原因是他爲了及時撈扯住珊琳和符芍音。

也許是自小受到堂姊耳濡目染的教導，保護弱小的女性變成了一刻的反射性動作。雖說身爲山精的珊琳和現任符家家主的符芍音，和「弱小」可能還沾不上邊。

但在一刻看來，她們就是該被保護的兩個小丫頭。

「珊琳、符芍音，妳們倆都沒事嗎？曲九江你看屁啊！用腳毛想也知道你沒事。你都沒事了，我幹嘛還要多此一舉地問你？」對於曲九江有意無意投來的目光，一刻不耐煩地回予白眼。

「黑令，你沒事就吱一聲吧。」柯維安想了想，也覺得自己該仿效他家甜心，關心一下另一位朋友，況且對方不久前也幫過他的忙。

「吱。」黑令還眞的溫呑地冒出這麼一聲，接著又問，「腳毛，會思考？」

「咳噗！當……當然不會！」柯維安險些被自己的口水嗆到，他瞄瞄臉色鐵青的一刻，用力憋著笑，「那是比喻，那也是比喻的一種啦……去去，這個給你。唉，來不及送給宿鳥的棒棒糖呀……」

得到解釋和零食的黑令安靜地窩一邊去了。

「珊琳、小芍音，妳們也一支。」相較於對黑令的愛理不理，柯維安一面對兩名小女孩，立刻展現出盛大的熱情。

「謝謝維安大人。小白大人，我沒什麼事，宿鳥似乎只是想把我們趕出來而已。」

「謝，沒事。」

珊琳和符芍音的回答都相當有她們的風格。

而聽了珊琳所言，一刻他們下意識再回過頭。重重的樹影和夜色遮擋起廣場，被留在裡面的紅衣小女孩宛如受到堡壘保護的孤獨公主。

「對不起，小白大人。」珊琳忽地低下頭，細細的童聲滲出一絲沮喪，「我本來應該能保護大家，可是這個庭園的植物不回應我……」

「反正我們也沒事，別放在心上。」一刻拍拍珊琳的頭，「誰也沒想到那個叫宿鳥的小鬼，會突然說翻臉就翻臉。」

「小白，宿鳥八十歲了，不小了呢。」柯維安揉著仍在作疼的屁股站起。他往廣場的方向望。目測了下，他們被這麼一扔，起碼扔出了七、八十公尺，「就像待在你家的范相思，外表是披著高中女生的皮，可是實際上，也是幾百歲了。」

「哎呀，這我可聽得很清楚了呢。」清脆的少女嗓音猝然冒出，在深夜中顯得格外清晰。

現場頓時鴉雀無聲。

柯維安甚至用像能扭到脖子的力道，猛烈轉過頭。

下一刹那——

「范范范……」

「范相思！」

「相思？」

和范相思相熟的一刻等人不禁震驚地高喊。

可是放眼望去，附近都沒見到那名劍靈的苗條身影。

「不用找了，我人不在這，本姑娘還待在宮一刻你家，勞心勞力、揮霍血汗地辛勤工作哪。」范相思故作哀愁地說，還不忘大嘆一口氣，「你看我這麼辛苦，聽了有沒有覺得很感動？趕緊用金錢實際表示一下謝意如何？」

「表示你老木。」一刻想也不想地罵道，隨即才反應過來，「妳不在這？那妳是怎麼……」

「你們走之前，我順手扔了一片我的劍影到宮一刻你身上。不用找了，反正沒在你內褲裡。」

「幹，謝謝妳喔。」

「不客氣，本姑娘不隨便吃人豆腐的。回到正題上吧，劍影當然不是二十四小時都能即時監視你們。基本上是感應到不好的氣，才會和我這邊產生聯繫，不過還得要再算上一些時間差。舉例來說，可能十分鐘前你們碰上瘴異，十分鐘後我才收到回報。不過一旦兩邊連接上了，接下來的一切事情就都是即時傳遞過來了。」

「不好的……氣？」柯維安腦筋轉得快，若要說剛才有什麼不對勁驚動遠在東岩區的范相思，那最有可能的就是宿鳥的攻擊了。

「難道是宿鳥？可是這樣也不對啊，她和山神認識，身上也沒妖氣……有的話，曲九江應該第一時間就發現到了……」

「在討論本姑娘究竟是因爲什麼而有反應之前，一句話先交代完事情來龍去脈，現在開始！」

「等等，也太快！呃，就是小白疑似被一名紅衣小蘿莉看上，她的名字叫作宿鳥，不確定是什麼種族。然後我們就來黑令他們家的繁花地找線索，最後被宿鳥趕出來。」

「繁花地？噢，黑家的墓園呀。」范相思恍然地拉長音節。

「范相思妳知道？」柯維安大吃一驚。

「這幾年當狩妖士的時候，跟黑家家主混得還算不錯，這種小事放一邊去。不管那個叫宿鳥的小姑娘是什麼來歷，但在剛才，我的確感應到不太舒服的波動，總之你們多留意點。還有珊琳，繁花地的植物因靈氣滋養，長得特別茂盛，不過聽起來那地方是屬於那個小姑娘的地盤，妳要借植物之力，多少會受到阻礙。」

「是，我明白了。」即使看不見劍靈本人，珊琳還是乖巧地鞠躬致謝。

「大抵就是這樣，我回頭繼續忙了。記得多保護好自己，否則我可就少了很多勒索對象啦。」

尾音方落，范相思的聲音也徹底消失在這片幽暗之中。

繁花地裡還是安安靜靜的。

最後，是柯維安乾巴巴地說出大夥兒的心聲，「她剛……是說了『勒索』對吧？我難得要感動一下的，結果全被破壞光了啊。」

「算了。」一刻揉揉額角。認識范相思也不是一天兩天的事了，他早就不奢望對方能三句不提錢，他更在意的是那股所謂「不舒服的波動」。

是來自宿鳥嗎？還是另有他們不知道的某種存在？

「珊琳，妳確定這裡的山神已經……嗯，不在了嗎？」

「小白大人，我很確定。」珊琳神情嚴肅地點點頭，「這裡的山精們就是目睹了末藥大人的逝去，才會通知其他地區的山精，我等都是前來表達哀悼之意的。」

「可是，既然末藥大人不在了，為什麼宿鳥卻又堅持他會醒來？」蔚可可困惑地問道。

「也許……只是還沒辦法那麼快就接受吧。」一刻的語調不自覺地放低，眼裡也像因回想起什麼而染上複雜的色彩。

蔚可可瞬間懊惱地閉上嘴。她敲敲自己的腦袋，暗罵自己哪壺不開提哪壺。宮一刻的父母很早就過世了，而小安和芍音不久前也才有親人離開他們……嗚啊，她果然是笨蛋！

「哎呀，其他的事我們回去再討論吧。」柯維安敏銳地察覺到蔚可可的低落，連忙用開朗的語氣改變氣氛和話題，「時間也晚了，總要養足精神才好……小芍音，怎麼了嗎？」

瞥見白髮小女孩併著雙掌，低頭像是注視著什麼，柯維安忍不住面露納悶。

「符。」符芍音抬起頭，將併攏的雙手舉高，「兵武用的符。」

在那雙雪白掌心間，躺著的是符芍音收回斬馬刀後化作的符紙。

只是在那張長條符紙上，赫然像被人蓄意地貼黏著幾枚豔紅色花瓣。

「花？這是什麼花？」一刻擰起眉，看向蔚可可，「妳知道嗎？」

「只有花瓣不好猜耶……」蔚可可皺著鼻尖。她好奇地伸出手，想將花瓣拿起。

就在這剎那，花瓣竟散融成一灘液體，從符芍音指縫間溢落，沾染上她雪白的衣裙。

奇異的事發生了。

紅色液體眨眼暈染成肖似完整花朵的圖案，遠看就像一朵紅艷似火的……

「山茶花？」蔚可可驚訝地低呼，「這看起來好像紅色的山茶花……等等，我有帶水，還是先擦擦比較好。萬一乾了，很難洗掉的。」

蔚可可說跟做同時進行，她馬上掏出隨身攜帶的小水瓶，沾濕手帕，蹲下身，擦拭起符芍音裙襬上的紅印。

意外地，那抹紅很快就被擦得暈開轉淡，就像再普通不過的顏料，一下子淡得必須細看才看得出來。

一刻和柯維安交換一記眼神，不確定那幾枚花瓣是否有什麼特殊含意。

最後，一刻開口：「先回去吧。」

折返回去時，仍舊由黑令負責領路，只不過隊伍從本來的四人增加為七人。

就在可以望見黑鐵大門的輪廓之際，一道疑問的嗓音毫無預警地響起了。

「黑令少爺？一刻、維安……芍音？」來人最末兩字透露出強烈的驚異，像是難以置信會在這裡看見那名白髮小女孩。

乍聞陌生人的聲音，珊琳飛也似地隱匿蹤跡。

一刻他們還是看得見她，但一般人類卻無法視得她的存在。

「薄忍秀？」一刻見到那抹從另一側暗影中步出的人影，也不禁吃了一驚。

柔順但末端微鬈的黑髮，乾淨的眉眼，正是負責在黑家別墅接待他們的清俊少年。

也許是夜晚氣溫還殘留一絲白日的燠熱，薄忍秀穿著一件薄薄的貼身白襯衫，將他本就偏瘦的體型勾勒得愈發纖細。

「爲什麼你也……你是從哪裡冒出來的？」一刻看得分明，他們一路走向大門，卻也沒見到黑鐵大門有被人推啓的跡象。

薄忍秀這人……就像神不知鬼不覺地出現了。

但是薄忍秀似乎看穿一刻的疑問，他露出好看的笑容，那笑意有若一抹溫潤的月光。

「我是從別處小門進來的。繁花地佔地廣大，自然不止一個入口。一刻，我跟你提過，我有時會來這巡視一下，避免有些想玩試膽遊戲的小朋友闖進來。」

明明薄忍秀的年紀不大，可是在稱呼起那些不安分的青少年時，使用的卻是長輩口吻。

一刻不是第一次注意到了，他不曉得這是薄忍秀獨特的習慣，亦或是……

不待一刻思考出個所以然，柯維安已經先出聲了，「忍秀，所以你進來這很久了嗎？」

「不，我大概才到十幾分鐘。」

「呃，你有看見什麼或聽見什麼嗎？」

「不……」面對柯維安的問題，薄忍秀的神情看起來愈發疑惑了，「我沒看見什麼或聽見什麼。這地方一入夜，本來就相當安靜，尤其是繁花地裡面……你們遇上什麼奇怪的事嗎？」

「沒有、沒有，完全沒遇到。」蔚可可這下也理解過來，柯維安是在確認稍早前的混亂戰鬥有沒有被發現，趕忙連聲附和。

薄忍秀半信半疑地望著他們，看起來還是相信了，隨後他蹙起眉頭。

「就當我太囉嗦了，不過我眞的認爲……小孩子不適合來到這裡，你們不該帶芍音進來的。」

那含帶不贊同的目光落至符芍音身上，再往旁挪移。

正好站在符芍音身邊的珊琳不自覺地屏住呼吸，那名黑髮少年的視線好似定格在她臉上，彷彿她的身形無所遁形地映入那雙黑潤的眼眸底。

可是，普通人不可能看得到自己的……

正當珊琳忍不住繃緊身子之際，那道視線直接快速滑過，移向她身側的一刻。

珊琳提起的一顆心驀然放下，她鬆口氣，拍拍胸口。看樣子是她想太多了，對方只是剛好掃過她站立的位置。

「是我不對。」一刻耙耙頭髮，沒忘記繁花地的土裡混著什麼，但也不打算讓符芍音知情。他趁隙瞪了曲九江一眼，暗暗指責對方不該將一名國小生帶來這地方。

曲九江似乎讀懂一刻眼神的含意，神情立刻不悅地冷下，一記摻雜著倨傲的瞪視也不甘示弱地扔了回去。

——我不來的話，是要讓我等著替你這個做事不經思考、連神使也不會帶的神收屍嗎？

一刻感到青筋又要按捺不住地突突跳起，但他攢著拳頭的手臂突然被人一把拉住。

「甜心啊，你再和室友甲眉目傳情的話，人家眞的會哭給你看的……嚶！」柯維安一臉哀愁，還作勢擦擦眼角。

「傳你媽啦。」一刻翻了白眼，凝聚的怒氣散去。他扯下那雙緊黏不放的手，順帶推開老是無視私人距離概念的娃娃臉，「薄忍秀，我們這就回去，你呢？」

「我也一起回去吧，畢竟就只是單純來看看，我想今晚也不會有什麼人闖入的。」薄忍秀微微一笑，做出個「眾人先行」的手勢，由他墊後，屆時好負責鎖上繁花地的大門。

珊琳選擇走在符芍音身邊，兩人差不多的身高讓她格外有種親切感。

她們兩名小孩位在隊伍中間，加上珊琳又隱去身形，她覺得走在最後面的那名少年根本不可能會察覺到哪裡有異。

可是……

珊琳不曉得是不是自己的錯覺，這一路上，都有一道異於一刻他們的視線感落在她的身上。

有人看著她。

她不知道是誰在看著自己。

□

深夜中的繁花地格外靜謐，而一刻等人的離去，更像是將僅有的一點生氣也帶走了，就算用死氣沉沉來形容也不爲過。

但就在這份萬籟俱寂裡，繁花地高度較矮的一側欄杆外，驀地傳來了窸窸窣窣的聲響。

那處曾遭人入侵的位置，如今又有三條人影偷偷摸摸翻爬進來。

如果一刻他們瞧見了，大概會感到錯愕。

那三人不是別人，正是被黑令嚇得腿軟、最後落荒而逃的三名少年。

比起第一次的笨拙，這回三人翻爬欄杆的動作較爲熟練一些。

「那群人果然走了。」一樣最先落地的眼鏡少年滑開手機的螢幕鎖，讓冷光溢散出。他高舉手機，好讓同伴可以確認預定躍下的地點，「我賭他們一定沒想到我們會回來。」

「嘿……唉唷！」球帽少年的姿勢還是沒調好，險些往前撲倒。他踉蹌幾步，總算努力穩住了，只是他沒想到後方忽然也跳下一人。

對方和他撞在一塊，沒倒的身子頓時往前倒了。

「媽啊！」

「哇！」

長劉海少年和球帽少年慘烈大叫，兩人像疊羅漢般壓在一起。

「你們倆眞是蠢透了。」眼鏡少年蹲下身，恨鐵不成鋼地說道：「爲什麼這樣也有辦法跌得狗吃屎啊？趕快起來啦。」

「靠，你有本事說風涼話，不會順便拉我們一把嗎？」

「厚，拉一下啦！伸個手會死嗎？」

「是不會，只會想叫救命……媽啦，眞的重得我要喊救命了！」

等到兩名朋友從地面爬起，反倒是眼鏡少年氣喘吁吁地想一屁股坐下。

「你們也太重……吃什麼長的啊……」眼鏡少年抹把汗，喘著氣罵道。

「是你太沒用啦，才這點小事。」

「管我們吃什麼，動作快啦，不是要趕緊探險的嗎？」

「對對對，不然時間眞的不夠多了……說什麼這裡到處撒滿骨灰，現在想想，鐵定是故意唬爛我們的！」

「就是說啊，哪有人眞的會這樣做嘛！幸好我們聰明，中途又折了回來。」

「他們絕對沒想到我們沒被嚇到……而且，說到用骨灰種這些樹，不是好歹要種個一片櫻花林嗎？漫畫或動畫不都這樣演？櫻花樹下埋著死人，所以才會開得特別茂盛……妖艷……」

聽著同伴故作陰森地拉長語調，另外兩名少年忍不住哈哈大笑。

就在這片笑鬧聲中，那道稚氣澄澈的聲音頓時顯得特別突兀。

「宿鳥不喜歡櫻花，可是宿鳥喜歡這裡的人類灰燼，大家都喜歡。」

活力旺盛的笑聲猛地戛然而止，像是被人粗魯地按下了暫停鍵。

三名少年臉色青白交錯，最後隨著他們僵硬地轉過頭，定格在慘白上。

一名披著紅衣的小女孩，不知何時就站在他們後方。

說是「站」也不對，因爲對方的腳尖分明未眞正觸及地面。

小女孩覆著頭紗，遮住半張臉。那身古怪的打扮，怎麼看都不可能是尋常孩童會穿的，更不用說她的身形還浮立於空中。

少年們不約而同地憶起繁花地傳聞中的「紅衣小女孩」。

紅衣服……

小女孩……

現在兩項特徵都有了，難、難不成……

三名少年抑制不住哆嗦，哪裡想得到這一趟折回來，竟然眞會讓他們撞見鬼。

彷彿未察他們的驚恐，小女孩撩開頭紗，露出完整的小臉。

三名少年的瞳孔駭然收縮，臉上被恐懼徹底覆蓋。

和看似完美的下半張臉截然不同，小女孩的上半張臉，有半側竟是由花葉組成。濃暗的綠葉、灼紅的花朵，映襯著那一雙紅銅色眼眸，成了一種說不出的妖異。

妖異又懾人。

少年們的慘叫還絞在喉嚨裡，來不及爆發出來，自暗影中竄出的無數樹枝就已迅速纏捲住他們的身軀，封住他們的嘴巴。

「宿鳥要叫醒末藥。」無視少年們駭恐至極地瞠大眼，眼淚像是快流出來，宿鳥天真地笑開來，「你們靈力不多，可是沒關係，蝴蝶說聊勝於無。而且宿鳥已經有發現很棒的力量，和末藥很適合，跟山林一樣乾淨、純粹，最適合了。」

任憑少年們被樹枝拖扯向廣場的方向，宿鳥放下頭紗，嬌小的身子像紅蝶於暗夜裡輕巧穿梭，最終回到廣場那棵碩大、結滿花苞的大樹上。

宿鳥踢晃著雪白的雙足，懷裡抱著關有紫蝶的鳥籠，她哼唱起音節古怪的歌謠。

樹下是三名少年逐漸被吞噬至根部內……

歌聲中，似乎隱隱約約地傳出少女清脆的咯笑。

籠裡的紫蝶飛舞得更歡。

第九章

打從張開雙眼，自睡眠中醒過來後，柯維安就有種奇怪的預感，好似今天會發生什麼異於尋常的事。

是會發生什麼事嗎？還是自己多想了？

柯維安呆坐半晌，才渾渾噩噩地離開床鋪。

待他從浴室裡再走出，腦袋已經回復清明，臉上更是神清氣爽的表情。

「管他發生什麼事，反正再驚人也比不上昨天吧？」或許是睡得飽足的關係，柯維安感覺自己鬥志滿滿。

他上前拉開窗簾，外邊熾亮的日光讓他一時判斷不出現在大概是什麼時候。

九點？十點？

只不過當柯維安抓過手機一看，頓時大驚失色。

靠靠靠！怪不得有種會發生什麼事的預感……他居然一路睡到了下午四點多！

「下午？下午？爲毛都沒人來叫我起來？好歹小白也該來叫我吃個飯啊！」柯維安震驚地瞪著手機上的數字，全然沒想到昨夜自繁花地歸來，會直接昏睡到這個時間點。

重點是，還沒人來叫他！同伴愛呢？

深怕自己被人獨自拋棄在這屋子裡，柯維安急匆匆地換了衣服，扯上基本不離身的包包就往房外跑。

但房門剛一打開，無預警撞入眼內的嬌小雪白人影，令柯維安硬生生煞住了腳步。

房間外的走廊上，綁著長馬尾的白髮小女孩規規矩矩地坐在一張小板凳上，背部挺得格外筆直，雙手平放在膝蓋上。

那姿態，彷彿就是在專門等候著房內人的出現。

「小……小芍音？」柯維安吃了一驚。開門就能看見他心中的小天使，可不在他的預期內，驚訝過後就是一股感動湧上，「妳是特地在這等哥哥的嗎？」

符芍音認真地點點頭，不忘補上一聲：「下午好。」

「咳咳咳……我這是不小心睡過頭。」柯維安尷尬地咳了幾聲，不希望被符芍音當成作息混亂的人，「但怎麼都沒人叫我？而且以小白的性子，照理說中午前就會來踹我起床的啊。」

「睡覺，不吵。」符芍音雙手合十，往臉頰邊擺出一個熟睡的手勢，「我。」

柯維安好一會兒才理解過來，符芍音這是在說，是她交代大家不要吵醒自己。

「小芍音，妳果然是我的天使啊！」柯維安熱淚盈眶，差點就要控制不住地一個箭步上前，給符芍音一個激動的擁抱，「嗚喔喔喔，哥哥眞的超級無敵感動……」

「不用感動，應該的。」符芍音嚴肅地說，還是一副端正的坐姿，小手仍整齊擱在腿上，明顯就是不打算提供擁抱給柯維安。

即使如此，柯維安依然覺得符芍音小大人似的模樣可愛到不行。心都要融化了……柯維安摀著胸，感到自己差點心律不整。他連忙深呼吸幾次，轉頭望望左右。

其他人的房間都是關著門的，難以判定裡面是不是有人待著。

「小芍音，小白他們呢？」

「白、曲、薄、珊琳，買東西。姊姊樓下，電視。」符芍音扳著指頭，一個個地算，「黑，屋外。」

「屋外？黑令在屋子外面？」柯維安驚得聲音都拉高了一度。以他的認知，像黑令那種毫無幹勁的人，會自願在大太陽底下待著，怎麼想都太不可思議了，「那傢伙在幹什麼？」

「不知。」符芍音搖頭，平板的語氣帶有一絲不確定，「光合作用？」

柯維安反射性想像了下畫面。

面無表情的高大灰髮青年坐在庭院裡，發呆地仰望天空……

「莫名的沒啥違和感……」柯維安托著下巴，再轉而摸摸自己的肚子，「先去吃飯，再

去看看那個倉鼠星人吧。小芍音，廚房還有東西可以吃嗎？」

「有，留哥哥的。」符芍音說，「哥哥，有話。」

「我？我沒什麼話要再問了啊……」柯維安狐疑地指指自己。可是下一瞬，他猛然意會到符芍音話裡未添加上的主詞，指的並不是他。

——是符芍音有話要對他說。

幾乎是直覺，柯維安覺得面前的符家小家主將要吐露她前來找自己的真正目的。想到這，柯維安毫不猶豫地將「覓食」的選項從計畫內刪掉。他蹲了下來，讓自己與符芍音平視。

柯維安以爲自己做好了心理準備，可是當他聽見白髮小女孩低低吐出四個字後，他的心臟剎那間像受到強力擠壓，讓他一時彷若無法呼吸。

符芍音說：「奶奶，遺言。」

誰的……符邵音……傾絲的遺言？

柯維安臉上表情出現瞬間空白，直到符芍音拉住他的手，才驟然回過神來。

柯維安急促呼吸著，那簡短的四字就像大石落入他的心湖裡，激起千層浪。

「小芍音，妳說……」注意到那雙鮮紅的大眼睛浮閃著擔憂，柯維安努力讓自己的情緒穩定下來，「她有遺言要給我，是嗎？」

符芍音輕輕點頭，仍然主動握著柯維安的手。

「遺言，封在我體內。」

「咦？」

「奶奶交代，只有哥哥和白白可以聽。」

「白白？呃，小白嗎？」

「嗯。」符芍音瞬也不瞬地凝望著柯維安，「其他人，不能聽。公會，不能聽。遺言，我不知。」

雖然符芍音還是一貫的言簡意賅，但看得出來她極力想表達清楚。

柯維安只花了一會兒，就拼湊出符芍音的原意。

「也就是說，傾……奶奶把遺言用法術封在妳的身體裡？」柯維安將對傾絲的稱呼做了改變，謹慎地說出自己的猜測，「連妳也不曉得遺言的內容是什麼；而她希望只有我和小白聽見，其他無論是誰，都不能在場是嗎？」

符芍音沒有回答，只是用最直接的動作證明。

她點頭。

柯維安張大眼，覺得腦袋內亂七八糟的，像一口氣塞進太多東西，卻無法順利地消化完畢。

傾絲大費周章地留下遺言給自己，爲的就是不要讓其他人得知……換而言之，傾絲想告訴他的，是不能被別人知道的重要祕密，甚至連神使公會也不能。

究竟是什麼？柯維安略帶茫然地眨眨眼睛，他本來想說他會再告訴一刻的，可是突來的手機鈴聲嚇得他一震，來到舌尖前的句子也反射性吞回去。

「哥哥，手機。」符芍音鬆開手。

「手機？啊，對，我的手機！」柯維安迅速拍打上自己的臉頰，好讓自己能振作一點。他這一下打得很重，半邊臉頰都透出紅腫了，不過，他眼中的茫然也退得一乾二淨，那雙大眼睛又恢復以往的清明與機敏。

柯維安站起身，翻出口袋裡響震個不停的手機，螢幕上的來電顯示讓他訝異地睜大眼。

居然是黑石平。

黑令的父親，黑家的現任家主。

自從水瀾事件結束後，他的確和黑家那方開始有了往來，雖然大多是收到通知，請他去簽收他們表達謝意的菊花……那些該死的菊花！

柯維安瞬間重拾咬牙切齒的感受。

發現自己思緒偏離，他趕忙拉回正軌，飛快地按下通話鍵，猜想黑石平或許是要找黑令找不到，才打到自己的手機來。

「喂？伯父你好。」柯維安提起精神，開朗地打著招呼，不忘對符芍音比出一個「等我一下」的手勢，「眞的很感謝你們這次的招待……不好意思，還讓你們這麼費心……不會不會，我們在這都住得很愉快……咦？你說柳姨嗎？」

柯維安停頓了下，迅速在腦海裡搜尋數秒，霍然想起「柳姨」指的正是薄忍秀的母親。原來黑石平是特地打電話過來關心，確認這些年輕客人們有沒有好好受到款待。

「柳姨不在這，忍秀說她身體不適，所以由他過來……哎？」柯維安嘴角的笑意驀地凝結，形成像是錯愕的表情。

嗅到事情有異，符芍音下意識站直身子，眨也不眨地望著柯維安。

黑石平困惑的聲音也繼續從手機裡傳出。

「你說忍秀？可是不對啊，維安。忍秀那丫頭因爲社團的關係，跑去參加什麼社遊了，難不成她中途又溜來你們那……那丫頭做事就是有點毛毛躁躁……是說眞奇怪，阿妍也沒跟我報備……維安？維安？你有聽見嗎？」

「不、不好意思！伯父，我忽然想起有件急事！」柯維安匆匆忙忙地喊，「我先掛斷了，眞的很抱歉！」

也不管黑石平在另一端滿腹疑問，柯維安倉促地結束通話。他抓著手機，一張娃娃臉在光線下竟有絲蒼白。

「出事？」

「現在還沒有……但我怕晚點就眞的會了！」柯維安跳起來，心焦如焚地大叫：「小芍音，妳說薄忍秀跟小白他們在一起……總之我們先下樓，這事也要趕緊讓小可知道才行！」

符芍音不發一語地跟著柯維安奔往一樓。

途中，柯維安還抓著手機，焦急地等待另一方的一刻接起電話，但是鈴聲最後歇止，轉成了語音。

「小安？芍音？」樓梯間的響動太大，柯維安他們還沒跑至一樓，客廳裡的蔚可可就先來到樓梯口，俏臉上盡是困惑。

可很快地，這名鬈髮女孩也從柯維安的神情捕捉到不對勁，困惑頓時轉為緊張。

「怎麼了嗎？出了什麼事？」

「不是我……」柯維安踩下最後一級階梯，喘著氣說，「小可，妳那有曲九江或珊琳的電話嗎？」

「我有珊琳的……」

「好，那妳打給她，我打給曲九江，直接問他們現在在哪裡？要他們小心薄忍秀！」

「忍秀？他……我知道了！」看得出事態緊急，蔚可可吞下差點脫口的疑問，立即找出手機，試著聯絡珊琳。

但偏偏就是那麼剛好，兩邊人的手機都遲遲未被接通，隨後分別轉入語音信箱。

柯維安焦躁地彈下舌，心中轉瞬間有了決斷。

「我去找他們！小可，妳和小芍音留在這，我會叫黑令也留著，免得和小白他們錯過。不管薄忍秀的目的是什麼，他都是特意接近我們的！」

「什麼意思？小安，爲什麼突然……」

「因爲他不是眞正的薄忍秀。」柯維安嗓子發乾地說，「眞正的薄忍秀，是女孩子。」

□

午後陽光炙熱得過分，就連身爲男性的一刻也有些吃不消。他不禁後悔自己出門時怎麼沒抓上帽子，好歹可以遮一下太陽。

一刻瞄瞄身側的曲九江。

對方像是感受到他對帽子的企圖，狹長的眼眸一睨，紆尊降貴地開口：

「借你帽子也不是不行，如果你能好好記得到底誰才是你的神使，小白。」

「幹。」這是一刻的回答。他扭頭，不再看向曲九江，免得越看越火大。

那傢伙，眞的是天生就具備令人惱火的能力！

「小白大人，我可以幫忙搧風。」另一邊的珊琳見狀，自告奮勇地舉起手。

今日的她也是一襲碧色的民族風服飾，層層布料纏在一塊，光是看著就覺得悶熱。

然而綠髮小女孩看起來依然相當清爽，清秀的臉蛋也沒有沁出一滴汗水。

這是自然，因爲這名小女孩本來就不是人類，是由山間靈氣孕育生成的山精。

眼見珊琳手中已平空變出一片蒲扇般的大葉子，一刻連忙壓低聲音，「不用，完全不用。」

開什麼玩笑，就算一般人看不見珊琳，但看在他眼裡，要一名小女生沿路努力地邊走邊幫忙搧風——這他媽的怎麼看都像是虐待兒童好嗎？

「一刻，你有說什麼嗎？」走在最前頭的薄忍秀忽地轉過頭，乾淨的眼眸像是詢問般望著一刻。

「不，沒什麼，你大概聽錯了。」一刻立即轉回視線。畢竟在他人看來，他的左手邊空無一人。

珊琳也下意識收起葉子，退了幾步，把自己的身形藏在一刻身後。

就算薄忍秀的目光只是不經意掃過來，但珊琳仍是不由得生起自己被人發現的錯覺。

「那可能眞是我聽錯了……」薄忍秀笑笑，打住這話題，轉而向一刻他們道謝，「一刻，這趟眞是謝謝你們了，還麻煩你們幫我提東西。要是沒有你們的幫忙，我自己都不曉得要花多少時間了。」

「不是什麼大事。」一刻不太習慣收到別人坦率的道謝，語氣變得有些硬邦邦。

薄忍秀似乎也看出這點，他又露出一抹和善的微笑，這才轉回頭，引領著一刻他們從小路回到別墅。

一刻是午飯過後瞧見薄忍秀要出門的，一問方知對方要去賣場採買東西。

想到他們這群大學生是受到一名少年照顧，一刻頓覺過意不去，主動提議幫忙，順帶也不客氣地拖了曲九江出門當苦力。

曲九江像是不爽地咂咂舌，卻也沒多說什麼，抓了帽子就跟著一起行動。

珊琳則是深怕昨夜的宿鳥又出現，二話不說地也黏了上去，立誓要爲楊百罌好好守護一刻。

一刻當然不知道珊琳的小心思，只以爲對方小孩心性，想要跟出門四下看看。

由於薄忍秀依舊不曉得珊琳的存在，所以珊琳還是隱藏著身形，只有一刻和曲九江能夠望見她。

賣場離別墅所在的住宅區有段距離，尤其回程時，日照愈發熾烈，曬得人暴露在衣外的皮膚都隱隱作痛起來。

見狀，薄忍秀特地帶著一刻他們走了另一條捷徑。

那地方樹影多，很快就大幅消減不少燠熱。

感受著身邊的空氣逐漸變得清涼，不再黏膩得令人透不過氣，一刻扯扯領口，放鬆似地吐出一口氣，覺得自己又重新活過來了。

遠離街道後，人車的聲音也像是潮水般一併退開。周遭被寧靜包圍著，一點聲音出現都顯得格外響亮。

「從這條路走，可以從繁花地另一邊繞出來。路途比我們去時走的那條遠了一些，不過樹蔭多、人車少，我自己就滿喜歡走這裡的。」薄忍秀噙著笑意說。

即使對方沒有回頭，一刻也能猜出那張秀氣的面容染著愉悅。

「說到繁花地……」薄忍秀倏地沉吟一聲，「一刻，我還是希望你們別再帶小孩子到裡面了，那裡真的不適合她們去。」

一刻起初心不在焉地應了聲。弄清宿鳥出沒在自己周邊的理由後，他也不打算再進去繁花地。但就在回應完的下一剎那，他猛地頓住腳步，原先放鬆的身體線條霎時全繃得死緊。

「小白大人？」珊琳不解地揚起頭，倒映入棕眸裡的白髮人影側臉，看起來竟是滲著一股警戒與淩厲。

曲九江也停下步伐，偏淺的瞳孔內閃過幾點銀星似的光芒。他沒有出聲諷刺一刻突如其來的舉動，而是一聲不吭地靜待著對方的下一步動作。

曲九江素來對許多事不上心，卻不代表他不是個心細的人。他注意到薄忍秀話裡的漏洞，從一刻的表情來看，他相信自己的神也察覺到了。

薄忍秀使用的是複數代稱。

那名黑髮少年說了「她們」。

他說：那裡眞的不適合她們去。

曲九江感覺自己指尖的熱度蠢蠢欲動，隨時都要化作緋紅的實體碎焰躍出。他瞇細眼，瞳孔轉瞬染成閃銀似的冰冷色彩。

在他們楊家的山精分明是隱身的情況下，爲什麼那個黑髮人類卻還是知道當時在場的，不止小白毛一個小鬼？

或者該說，那個叫「薄忍秀」的，眞的是普通人類嗎？

「他不可能是普通人。」一刻驀地按住曲九江的手，有如示意別貿然行事，他的聲音同樣繃得發緊。

一刻終於理解自己昨日感到的那份違和感，究竟從何而來。

那時候在二樓的客廳，曲九江比薄忍秀還要早到來，然而前者並沒有聽見他們要夜探繁花地的計畫，還是符芍音之後告知。

既然身爲半妖的曲九江都不知道了，比曲九江晚一步到客廳的薄忍秀，到底是怎麼得知的？

走在前頭的黑髮少年彷彿察覺到身後的異狀，他回過身，面露詫異地望著和自己拉開一段距離的一刻他們。

「一刻？」也許是陰影的關係，薄忍秀像是沒發現曲九江的雙眸已轉成冰冽的銀色，他看起來就像不解一刻他們爲何會忽然停下腳步。

可是這一次，一刻清楚發覺薄忍秀的視線是從曲九江的方向開始晃過，然後到他自己，然後……停在珊琳站立的位置上。

——薄忍秀眞的看得見珊琳！

這念頭瞬時在一刻大腦內炸開，讓他頭皮發麻。

打破這份詭異死寂的，是一道霍地拔高的手機鈴聲。

音量不算大，但被路間的安靜襯得格外尖銳。

一刻被這突來的聲響震得一愣，直到他聽見曲九江和珊琳都說手機放在房裡，才乍然意識到，是自己的手機在響。

來電顯示是柯維安。

一刻接起手機，雙眼不敢鬆懈地緊盯著薄忍秀。

柯維安焦急的喊聲馬上溢出，穿透進一刻耳內。

「小白，你們在哪？不管在哪裡，小心薄忍秀！」

「他不是眞的……眞正的薄忍秀是女孩子！而且去參加社遊了！」

柯維安的第二句話幾乎是用盡力氣地放聲高喊，甚至就連旁人也聽得一清二楚。

一刻的瞳孔驟然收縮，身邊的曲九江則是隨即有了動作。

半妖青年不單眼珠染銀，髮絲轉眼間也刷上狂焰般的紅，強橫的妖力不再收斂地釋放出來。

「在我撕了你之前，你最好說出你的目的。」曲九江的指尖至手臂間閃現紅光，紅光立刻燃成緋紅烈火。

隨著火焰張揚地攀爬上臂膀，曲九江的身形也如射出的利箭，疾速逼向冒充薄忍秀的黑髮少年，儼然就是不打算給對方太多時間。

「我操！曲九江！」一刻厲罵一聲，手機迅速丟給珊琳，想也不想地也掠身衝出，同時左手無名指浮繞橘紋，白針成形。

說什麼也不能讓「薄忍秀」在吐實之前，就先被曲九江一把火燒了或是撕了！

「小白？小白？」藉由未掛斷的手機，柯維安能聽見一刻他們這方的動靜，他不由得心慌直喊，「小白！」

「維安大人，我們在快靠近繁花地的地方！」珊琳捧著手機，匆匆忙忙說了這句就將通話按斷，手機塞進腰封裡，不假思索地屈膝拍地，想要催動周遭植物。

但不論是花草還是樹木，都沒有給予珊琳丁點回應。

珊琳愕然。

就在這瞬間，一刻搶先扣住了曲九江的肩膀，粗暴地把人往後一拽。

與此同時，一直不動的薄忍秀霍地動了。

他的手臂乍閃青碧色光紋，當那道水波似的紋路從肩頭繞爬上掌心，光芒霎時增大，在他手中凝出一桿深綠的鋒利長矛。

猶如夏至時最純粹的一抹綠。

說時遲、那時快，長矛脫出薄忍秀的掌握，卻是避開了一刻與曲九江，直取他們身後的——

「珊琳！」一刻大駭，心急如焚地扭過頭，但撞入眼內的卻不是綠髮小女孩被長矛攻擊的畫面。

長矛同樣避開了珊琳，迅雷不及掩耳地沒入珊琳後方和林木並立一起，而顯得不易被發現的身影裡，當場將那影子扎了個對穿。

那抹身影就像還不曉得自己身上發生什麼事，搖搖晃晃地往前再走幾步，接著雙腿一軟，「砰」地跌跪下去。突出胸前的長矛柄端正好抵住地面，使得那身影形成一個前傾、卻維持不倒的姿勢。

但是被長矛刺進的傷口，卻沒有淌溢出任何鮮血。

更甚者，長矛貫穿的那抹身影，根本就不是實質意義上的生物。

它的身軀是由眾多的枯枝、腐葉編織而成，高度約莫常人高。在頭的部位，赫然開著一朵比腦袋還要碩大的白色花朵。

花形似碗狀，青色的萼部像脖頸，連接著底下的軀體。

在樹葉間透出的斑駁日光照射下，簡直就是一幅怪誕至極的景象……

「是山茶花！」珊琳一眼就辨認出來了，她下意識和那具枯枝身影拉開幾步的距離，對方的前進路線明顯就是要針對自己。

一刻掩不住滿臉錯愕，只不過他的愕然不僅僅是爲了那道身影的出現，更多是爲了建構那具身軀的方式太過似曾相識。

就在昨夜的繁花地，宿鳥召出的野獸……也是以這樣的方式拼組出來。

「我猜得沒錯，宿鳥鎖定那名山精了，所以我才會要你們別帶小孩到繁花地去，一刻。孩童的力量最爲澄淨，假使不是這山精出現，原本被相中的恐怕會是芍音。」

沒經過明顯變聲的清澈嗓音說。

一刻一震，飛快回過頭，望著步步向他們走近的薄忍秀。

後者抬起手，深碧如修竹的長矛頓時重回他的掌中。

「你到底是……」不待一刻問出完整質疑，就聞珊琳的驚呼劃破路間。

「小白大人，四周！」

一刻起先還不明白周圍發生什麼，可很快地，他就發現到異樣之處。

環繞在這塊地區的天色，不知何時染成了一種褪色似的昏黃，令人想到陳舊的書頁或曝光的照片。

在這片昏黃的籠罩下，底下的一景一物都像被模糊了邊緣的輪廓，彷彿不經意就會跟著融入那片泛黃的色澤中。

一刻背脊無意識繃直，這顏色讓他無可避免地想起最初的紅衣引路人。

但和那引路人製造出的空間不同，眼前景物並沒有失去原本色彩。但也就是這樣，使得這條林蔭小路更像是被切割出來的獨立世界。

「不要跟我說你有黃色恐懼症，小白，我怕我會忍不住嘲笑你。」曲九江敏銳地注意到一刻的神情流洩出些許僵硬，他漫不經心地說。可和他的懶散神態不同，他臂上的緋焰愈發熾烈，「當然，嘲笑完再安慰你也不是不可以。」

「你再多廢話一句，我怕我會忍不住先痛揍你。」一刻咬牙切齒，盡量不蹦出髒話。比起多理會自己那個天生就自帶拉仇恨本事的神使，弄清眼下的情況更重要。

但就在下一秒，一刻還是脫口咒罵了一聲「幹」。

因爲從四面八方冒出了更多畸異身影。

更多由枯枝、腐葉拼湊成的花人形，將一刻等人團團包圍住。

第十章

「薄忍秀」究竟是誰？

爲什麼他認識宿鳥，似乎也明白宿鳥的目的？

爲什麼宿鳥又會突如其來地對他們展開攻擊？

多不勝舉的疑問在一刻腦海內絞成一團，但轉瞬間又被他猛力一把揮開。

——管他那麼多，現在全力揍翻敵人就是了！

心念電轉間，凶狠的戾氣已溢滿一刻雙眼，揑得迸出青筋的拳頭毫不留情地砸向一個花人形，另一手的白針亦是凌厲朝逼近自己的另一條身影捅進。

相較於一刻以近身戰爲主，曲九江的火焰不論遠近都運用自如。

狂肆的緋紅烈焰宛如眾多火蛇，一條條鑽過空隙，一纏捲住花人形的手腳或身軀，就立即肆無忌憚地猛烈燒灼。

枯枝和腐葉一沾碰上火，更是在轉眼間幫忙添大了火勢，遠看簡直像是一根燃燒中的火柱。

不消一會兒，就見數名花人形被燒得只餘灰燼，撲簌簌地掉落地面。

但是曲九江的火焰也有一項不便之處，那就是他必須和珊琳保持足夠的距離。否則一不慎，就有可能波及到珊琳操縱的藤蔓上。

珊琳自然也明白，因此她選擇的皆是遠離曲九江的花人形。

雖然無法借助這片土地植物的力量，珊琳還是能使用自身之力，幻化出攻擊的藤蔓。多道綠藤交織在一起，在那雙素白小手的揮舞下，宛如堅韌的長鞭，「唰」地一下勒上了花人形的萼部，卻不是使勁將代表頭部的碩大白山茶扯下，而是箝制住對方的行動，使得他人能夠一舉破穿花人形的軀體。

薄忍秀的長矛飛快又從花人形的體內抽出。

他的外表看似瘦弱少年，力道卻意外地強橫霸道。抽出長矛後，反手又將花人形從頭到腳劈斬成兩半。

分裂開的枯枝身體朝兩側「砰」地砸下，像失去連繫地散架。

很快地，那些圍逼上來的花人形數量比原先少了大半，但是自昏黃盡頭處，竟又開始擁現新一波身影。

「操！這是要沒完沒了嗎？」瞥見遠方景象的一刻鐵青了臉大罵。即使沒有細數，但從聲勢來看，新一批敵人數量絕對更勝原本。

「那就一口氣都燒了吧。」曲九江扯出冷笑，一圈圈火焰在他身前堆疊出凶猛的龐大獸形，雙翼向左右伸展開，張開的大嘴裡可見鋒利火牙。

只等操縱者一聲令下，就會發出咆吼，雷霆萬鈞地衝向敵方。

「不行。」然而卻有人這麼說了。

曲九江陰冷地厲視向發聲者。

「薄……爲什麼說不行？」一刻伸手橫擋在曲九江身前，他不知道該怎麼稱呼那名冒充者，最後乾脆省去。

「火的確是植物們的天敵，可是這裡是宿鳥的空間。我曾說過，黃昏之際，一切最容易模糊分界。對宿鳥來說，也是她最能施展力量的時候。」薄忍秀慢慢地說，「怎麼燒都沒用，它們能無止盡地復甦，看。」

宛如呼應著薄忍秀的話，先前散落在地面的灰燼和凌亂的斷裂枯枝，竟是慢慢地升冒出淡色煙氣。

淡煙中，受到破壞的花人形重新拼湊起來。頃刻間，又是一具具畸異的身軀重重包圍住一刻等人，收攏的陣勢讓他們被逼得聚在一塊。

「既然如此，乾脆就燒到它們再生不能。」曲九江瞇細銀眸，眸底凝著森冷與殘酷。他身前的有翼炎獸彷如感受到他的情緒，威嚇似地以焰爪刨抓了幾下地面。

花人形像是知道那凶猛火焰的厲害，紛紛止住前行的腳步，可仍是一圈圈地環繞著一刻他們。

接著，從那些沒有五官的碩大白山茶位置，居然傳出平板僵硬的人聲。

「不傷……」

「不傷害……」

「……和末藥很像的人……」

「宿鳥不會……」

「不會……傷害。」

一道道聲音像浪潮般拍湧前來，可是裡頭毫無抑揚頓挫。乍聽之下，就像是無生命的人偶在模仿著人說話。

就算在這之前，一刻尚對攻擊者的身分抱有一絲猜疑，至此，那點疑惑也徹底消散了。

眞的是宿鳥。

那名曾對他示好的紅衣小女孩。

一刻深吸一口氣，旋即按住曲九江的手臂，「你先等等。」

銳利的視線再轉向薄忍秀。

「你會說那些話，我可以理解成你是有其他辦法的意思嗎？」

「我確實有辦法，但必須給我點時間，幾分鐘即可。」薄忍秀平靜點頭，「宿鳥的行動比我想像得要早。我原本是要回去後向你們說明的，雖然你們可能不會相信我的說辭。可是，我最初就是想向你們尋求幫助，狩妖士，還有神使。」

一刻沒有質問薄忍秀為什麼不早點坦白。

因為正如薄忍秀所說，他們有更大的可能，不會去相信一個剛認識的人。

所以這名白髮男孩只是咧開凶悍且戰意高昂的獰笑。

「那麼——我們彼此就別浪費那該死的時間了！」

沒有任何猶豫和遲疑，隨著一刻迅雷不及掩耳地衝出，曲九江和珊琳也二話不說地加入攻擊的行列。

火焰凝成的炎獸展開它的雙翅，氣勢磅礡地呼掃向一眾花人形。

珊琳嬌小的身子敏捷竄躍，幾個踏步就踩上花人形的頭頂。綠藤飛速伸長，緊接著多條藤蔓利用路邊的樹木，在半空盤結成一張碧綠大網。

珊琳借力躍上，赤裸雙足輕巧地踏上中心結點。

下一刹那，綠髮山精將力量催動至所有藤蔓上。藤蔓竟是再竄生出更多藤蔓，它們像一桿桿鋒銳的碧色長矛，一口氣如驟雨般從上貫穿下去，穿透了花人形的頭部，勢如破竹地破開了花人形的身體，枯枝腐葉「啪啦啪啦」地崩碎。

有些剛好避開，沒有被從頭串到腳底的花人形，則是馬上迎來白針的斬擊，或是另一波赤焰的席捲。

留在原地的薄忍秀沒有分心至戰圈上，他的長矛拄立在前方，伴同著他的低聲喃誦，開始瓦解成大量青碧光點。

薄忍秀微斂著眼，喃誦的語速越來越快，彷彿隔離了外界一切動靜，置身在自己的小世界中。

很快地，薄忍秀的喃誦出現變化，音階冷不防地拔高，宛如歌唱，宛如吶喊。

那是無人能懂的古怪音節，可是迴盪在這處空間裡，卻是一層層疊加起壓迫的力量。

當空氣彷彿緊繃到極限的瞬間，薄忍秀張開眼，身上倏地湧冒出許多光點。

兩股碧色交纏在一起。

換薄忍秀的皮膚迸綻出一條條青色紋路。

「小白大人，我這邊恐怕支撐不住了！」珊琳小臉泛白，吃力地發出高喊。

幾乎話聲甫落，珊琳腳下的藤蔓猛地化爲虛影破碎，嬌小的人影從高空跌落下來。

「珊琳！」一刻甩開試圖圍困住自己的花人形，一個箭步飛奔上前，長臂一伸，及時有驚無險地撈抱住那具下墜的碧綠身子。

同一時間，黑髮少年的身形竟也跟著佔據全身的光紋瓦解了。一直環聚在身周的兩股光點立刻像獲得釋放，它們如同奔騰的潮水，夾雜著光紋，迅雷不及掩耳地朝四方沖散出去。

光潮沖刷過一刻等人身邊，他們只覺得像是一陣清冽的風吹過。

可是對花人形而言，就是截然不同的一回事了。

凡是青碧色光潮漫過之處，花人形無一不是自動瓦解潰散，連灰燼也沒有留下。

只是瞬息之間，花人形就已潰不成軍，進而全數被消滅……

「咦？」珊琳在一刻的臂彎中張大眼，發出驚異的低呼。她張開十指，看見部分光點鑽入自己掌心，原先像被掏空的體內，霎時注入一小股力量，「怎麼……力量……受到補充了？」

「珊琳？」一刻吃驚地看見綠髮小女孩手中再次生冒出一條綠藤。

「我分了一點力量過去，雖然不是很多，但我想對山精還是多少有點幫助的。」清澈的男聲說，只是，卻不再是屬於少年的清亮，而成了年長男性的成熟。

未全然消逸的碧光回到薄忍秀曾站立的位置，光芒聚攏，瞬間塑成人形。

然後，青碧色一口氣全部剝離。

像修竹般佇立在那的，並非那名擁有乾淨眉眼的黑髮少年。

男子一身青衫，衣飾竟與珊琳有著異曲同工之處，亦是偏向民族風的風格。他的髮絲碧綠，但又更多了一抹墨色揉合在內；眼瞳則是偏淡的淺綠，像是初生的草葉。

最令人詫異的，是男子的五官。

乍看之下，居然有幾分肖似一刻……

一刻目瞪口呆，明明一個人名已經躍了出來，但是聲音卻像卡在喉嚨內，半晌都沒辦法成功地形成具體的音節。

靠！難怪對方看他們的眼神就像在看一群小孩……以雙方之間眞正的年齡差來算，在對方眼裡，說不定他們還只是嬰兒！

比起一刻，曲九江卻是流露出意興闌珊，似乎面前和一刻有絲相像的綠髮男子，完全引不起他的興趣。

最先做出反應的人是珊琳。

她摀著嘴，倒吸了一口氣，急忙地跳下來。

「你……您是山神大人？您就是末藥大人!?但、但是……」珊琳身爲山精，絕不會錯認面前男子身上的氣息。可她忍不住也被弄糊塗了，她小小聲地說，「您不是……」

「稱我末藥即可，不須喊我大人。況且，我也不能算是眞正的末藥。」男子露出了一抹苦笑，「嚴格來說，我只是思念體。眞正的『我』，確實已經消散於天地間。」

「思念體……？」一刻不禁茫然。

「就是太過在意著什麼，所留下來的最後一縷意志，或許和你們人類所謂的鬼魂有些類似吧。不過畢竟本體已存活數百年，就算是思念體，多少還留有一點力量……」末藥倏地頓住話，像是在聆聽什麼，接著他說，「有人往這來了，我們還是先離開這空間，想必宿鳥不會那麼快又出手。」

語畢，末藥舉起手，掌心像平貼在一堵看不見的透明牆上，隨即指尖迸射出碧光。

同一時間，只見數道金艷痕跡也平空湧現。

熟悉的顏色讓一刻一愣。

在碧光和金艷不約而同的夾擊下，這個被昏黃包覆的空間霎時崩離、消解。

大片的昏黃色像是破碎的玻璃鏡紛灑而下，逐一還原成湛藍的天空。

午後的日光仍是扎眼，在沒有樹蔭遮擋的路面上，一名鬈髮的娃娃臉男孩手持巨大毛筆，瞠目結舌地望著猝然出現在面前的一刻等人。

亮晃晃的陽光將那張臉龐上的震驚表情映照得無比鮮活。

「維安大人！」

「柯維安？」

「小……小白？」柯維安彷彿有些反應不過來，瞪得圓大的眸子機械性地掃過了一刻、珊琳、曲九江，來到另一名陌生的綠髮男子身上。

不，用「陌生」來形容似乎也不太對。那人的眉眼有點像他家甜心……而且，爲什麼「薄忍秀」不見了？

柯維安臉上仍是震驚與茫然，腦袋裡瘋狂地思考推敲。

他聽見珊琳說他們在繁花地附近，他一路找尋過來，忽然發現了奇怪的昏黃色障壁。他嘗試破壞，卻沒想到那面障壁輕易崩垮，彷彿脆弱得不堪一擊。

然後，他的前方就跑出他一直拚命尋找的同伴。

柯維安眨眨眼，視線緊緊盯住綠髮男子的面孔。

薄忍秀不見了，換這人出現，穿的衣服和珊琳頗爲相似，又都是綠頭髮……再加上那五官，乍看之下和他家小白有那麼一點相像……

這怎麼想，都肯定、絕對是……

「小白的哥哥！」柯維安指著末藥，激動地拉高聲音。

「哥你的頭啦！你他媽忘了我是獨生子嗎？」一刻隨即破口大罵。

「咳，抱歉、抱歉，不小心說太快，結果語誤。」柯維安傻笑了一會兒，眼見一刻表情趨向險惡，連忙整整神色，小心翼翼地再問，「如果……呃，如果我沒猜錯，這位的特徵很符合，末藥大人？」

柯維安不是遲鈍的人，他的思緒一向轉得特別快。綠髮男子的出現和黑髮少年的消失，當下讓他浮現出一個大膽的假設。

「『薄忍秀』也是你嗎？」

「直呼我姓名就可以了。」末藥溫和地說道：「我是末藥留下來的思念體。末藥消逝前，最擔心的就是宿鳥，也因此產生了我。這裡的一草一木會通知我大小事，所以我才知道你們將要到來。我借用了薄忍秀的名字，本來要接待你們的人類女性，她很平安。」

一刻和柯維安面面相覷，直至這時才明白，爲什麼末藥有辦法知道他們的名字，知道他們要夜探繁花地。

他收到了通知，那些來自植物的通知。

即使末藥只是一縷遺留下來的思念體，也依舊代表著山神。

珊琳頓時恍然大悟，怪不得就算是在繁花地以外的範圍，她也沒辦法借助植物們的力量……因爲這片土地的主人，就在她面前。

「等一下，你說你是擔心宿鳥……可是……」柯維安遲疑地問，「宿鳥爲什麼像是完全不知道你的存在？還有剛剛，那奇怪的昏黃色結界……」

末藥平靜的神色滲入了淡淡的苦澀。

「宿鳥不承認我已不在的事實，她排斥所有會提醒她這個事實的事物，於是造成了她看不見我。她否定我的存在，在她的世界裡，並沒有……我。她覺得末藥只是睡著了，需要更多的力量喚醒，珊琳才會被她當作目標，尤其山精和山神的氣又相近。」

「也就是說，剛剛那是宿鳥在攻擊你們？她想抓走珊琳？」柯維安發出驚愕的吸氣聲，頓時釐清事情來由。

「對，剩下的我們路上講。」末藥率先邁步，「繁花地那有不好的東西混入，我無法確定是什麼，那裡的植物也不再聽我命令，所以我才想向一刻你們求助。我們先趕緊回屋子和其他人會合，雖然珊琳被做上記號了，但被我逼退，宿鳥不會那麼快又動手，我們還有時間……」

走了幾步後，發覺到後方的年輕人們沒有立刻跟上，末藥忍不住探詢地轉過頭，卻瞧見白髮男孩和娃娃臉男孩的表情僵硬，他臉上的疑問頓時轉為驚訝。

還未等末藥問出口，就先聽見柯維安乾啞地說，「末藥，你說……做上記號？」

「對，宿鳥是山茶花精，她喜歡用茶花……」末藥忽然止住聲音，他看見就連珊琳也瞪大眼，透出驚惶，一股不祥的預感頓直衝心頭，「難道……」

「我……我沒有被做上什麼記號。」珊琳心慌意亂地說。

「被做上記號的是符芍音……」顫慄沖刷過一刻後背，指關節被他捏攢得泛白。他想起昨夜沾染上符芍音衣裙上的那抹紅艷，臉色剎那間變得鐵青，「該死！宿鳥真正的目標是符芍音，她只是想拖住我們！」

「小芍音和小可、黑令在家，家裡現在只有三個人……」柯維安自傲的靈活腦袋此時卻因為慌張亂成一團，「小、小白！」

「現在立刻回去！快跑！」一刻驟然厲吼，同時打碎了眾人的僵直。

五條身影不敢浪費絲毫時間，提起全力疾速奔出。

但還未等他們抵達別墅，柯維安的手機猛地鈴聲大作。

柯維安馬上以眼神示意一刻他們繼續跑，自己腳下速度也不敢減慢。他飛快掏出手機，接通電話。

然後，柯維安還是停了下來。

他一臉蒼白，眼神流露惶然，包括抓著手機的手指也變得冰冷。明明秋陽高照，但全身的溫度「唰」地被抽走了。

「柯維安？」一刻見事情有異，即刻大步靠近。

而手機另一頭的人似乎也對突然的靜默感到不安，急急又拉高音量大叫道：

「小安？小安？你有聽見嗎？芶音她不見了！」

溢出手機的音量甚至連一刻都聽見了。

「幹！」一刻臉色大變，猛地奪過柯維安的手機，「蔚可可，怎麼回事？發生什麼事了？」

「宮、宮一刻？小安找到你……」霍然意識到事情重點不在這上面，另一端的蔚可可急忙咬住句尾，慌張地把原本要說的一口氣重新交代，「我也不清楚是怎麼發生的，芶音待在房裡，我和黑令都在樓下。我想問芍音要不要吃點心，但完全沒回應，就算敲門也是……我覺得不對勁，想去找黑令拿鑰匙，黑令用他的武器直接破門……」

蔚可可聲音不自覺地變啞，一刻沒有出聲，只是靜靜地等她說完，然後他聽見——

「房間裡四處都被乾枯的植物佔滿，窗戶被打碎，沒有芍音的影子……床上只有好多山茶花……宮一刻，現在怎麼辦？這太奇怪了，我們什麼都沒感覺到啊！」

「是宿鳥的結界，她在這個地區架起更大的結界。」末藥忽地湊近，冷靜嚴肅地說，「天空的顏色從另一邊開始改變了。」

一刻反射性抬頭，瞳孔瞬縮。

正如末藥所言，天邊一角不知不覺間竟被一片褪色般的昏黃侵佔，並且仍在擴張勢力。

「我們必須趕到繁花地，宿鳥和芍音一定在那裡。」末藥說。

「咦……」這陌生的男聲讓蔚可可愣住。

「蔚可可，和黑令到繁花地大門，現在！」一刻霍然回過神，果斷地吼道。

掐斷了通話，一刻稍嫌粗暴地拍上柯維安的雙頰，目光筆直鋒利。

「振作點，柯維安，你是做人哥哥的吧？」

柯維安眼中的惶然當下被「哥哥」兩字擊得潰散，毅然之色轉瞬回到臉上。

衝著一刻大力地點點頭，柯維安不再迷茫，毫不遲疑地跟著同伴們全速奔向繁花地。

一刻他們所在之處與黑家的別墅都離繁花地大門不算太遠，不消片刻，雙方人馬就在那扇鏽蝕斑斑的黑鐵大門前會合。

然而理當鎖著的大門，卻呈現敞開狀態，彷彿早就做好了迎接客人的準備，就等對方自動踏入。

同時，天幕的顏色也徹底被昏黃侵佔，路上的人聲、車聲全都消失，簡直就像是只有一刻他們被關在這個昏黃世界。

「宮一刻！」乍見一刻，蔚可可馬上就朝那名會讓她下意識生起依賴的白髮男孩奔去，隨後她注意到另一名全然陌生的綠髮男子，小動物似的眸子登時睜得更圓，「宮一刻……你哥？」

「我操！認識我那麼久，妳哪時看過我多出一個哥哥了？」一刻咬牙切齒，一記爆栗砸在蔚可可的腦袋上，「搞毛啊！妳怎麼跟柯維安一個反應？」

「因爲我們是心之友。」柯維安義正辭嚴地說，「不開玩笑了。小可，這位是末藥，但眞正來說是山神末藥的思念體。我們知道的『薄忍秀』也是他，詳細我們先跳過。總之小芍音是被宿鳥抓走了，因爲宿鳥相信只要收集更多力量，就能重新讓山神末藥醒過來，她拒絕接受對方已經不在的事實。」

簡單的三言兩語，就讓本來尚在狀況外的蔚可可露出恍然之色。

「這孩子眞厲害，立刻就整理好了說明。」末藥不禁輕聲讚歎。

「那小子就是擅長這個。」一刻繃緊的臉色也有絲放鬆。

「甜心，有沒有更愛我了？」柯維安即刻扭頭，朝一刻拋出一枚媚眼。

一刻沒有像往常般回以髒話，他看得出來對方只是想緩和一下心情，於是他只是簡單地說：

「走！」

眾人迅速行動。

一直到繁花地中心廣場前，一刻等人一路上都沒有受到任何阻礙，可說順利得過分。

甚至就算奔至了廣場，昨夜曾像城牆圍繞的密集林木，竟在中間開拓出一條通道，就像是在靜待著一刻他們的到來。

縱使內心閃過無數懷疑和警戒，一刻等人還是不見躊躇地果決進入。

沒有再被幽暗遮掩，廣場上的一切展露無遺。

只是昨夜尙結滿大量花苞的碩大樹木，一夕之間卻是花朵盡綻。赤艷的紅山茶朵朵如碗大，遍布於濃翠的綠葉之間，盛大而華麗，釋放出侵略性的驚人氣勢，乍看之下彷彿綴滿一盞盞灼灼琉璃火。

那是一棵宛如要燃燒起來的巨大山茶花樹。

一襲紅衣、頭覆紅紗的小女孩就坐在樹枝上，懷裡抱著關有紫蝶的金色鳥籠，雪白的雙足懸空一踢一晃。

沒有見到符芍音的身影。

「宿鳥，把小芍音還給我！」柯維安一個箭步上前，咬牙大喊，「妳就算抓了她，也不可能再喚醒妳的末藥！妳難道看不見嗎？末藥的思念體就在這裡，就在妳的眼前！」

「宿鳥不明白你在說什麼，宿鳥會喚醒末藥。」宿鳥輕盈地跳下來，就像一隻展翅的赤色鳥兒。她抱著鳥籠，近乎無聲地落了地，揭開頭紗，紅銅色的眼眸還是一派天真無邪。

可那樣的一雙眸子，就算在瞥望過回復原本面貌的末藥，依舊視若無睹地再挪開，好似那僅是不相關的陌生人。

唯有在對上一刻時，宿鳥露出了欣喜的笑靨，「像末藥的一刻，你能理解宿鳥的，對不對？」

「我不理解。」一刻斬釘截鐵，用著近似冷酷的語氣說，「把符芍音還來，這地方的山神早就不在了。」

宿鳥張大眼，稚嫩的臉蛋浮現吃驚，接著像是受到傷害，唇角的笑意一點一滴垮下，原先的喜悅也被沖刷得一乾二淨。

「你們要阻止宿鳥，你們要妨礙宿鳥。」宿鳥小小聲地說，旋即就像是被激怒地喊道：「你們不是宿鳥的朋友，宿鳥討厭你們！明明就能喚醒末藥的，他只是睡了！」

「他，不是死了嗎？」沒有起伏地吐出這話的，是黑令，「把我朋友的妹妹，還來。」

「不還……不還不還不還！」宿鳥憤怒地放聲尖叫，「末藥才沒有死！蝴蝶告訴宿鳥，牠有辦法讓末藥再回來，牠可以教宿鳥再製造新的身體——就像那個鬈頭髮、也拿了新身體的鬼一樣！」

宿鳥尖厲的叫喊像是落雷猛地劈下，卻在瞬間凍結了在場多數人的思緒。

柯維安臉上血色驟然退下，顫慄和寒意狠狠地貫穿了他的背脊。

知悉柯維安真正身分的一刻等人更是大駭。

這不可能……宿鳥沒理由會知道……

然而，排除所有的可能性之後，剩下的答案只有一個……

「符、廊、香！」柯維安嘶啞著嗓音，就像是要詛咒那名字般地大吼道。

「哎啊……」咯咯的清脆笑聲平空自廣場上響起。

金色鳥籠裡的紫蝶散逸成光點飛出，剎那間，光點染覆闃暗的色澤，轉眼匯聚出一抹像是披裹著夜色的纖細人影。

下一瞬間，黑暗化成了斗篷，兜帽下是一張可愛討喜的少女臉龐，和柯維安竟是如此相似。

擁有著紅茶色髮絲，一隻眼睛猩紅、一隻眼睛渾濁的鬼偶少女露出了歡快的笑容。

「猜對了呢，不愧是維安哥哥。」符廊香的笑意天真爛漫，「不如再來猜猜看，我在這裡，在潭雅市的繁花地，出現在這裡的理由是什麼呢？」

——而她的雙眼，卻是無比的陰冷惡毒！

〈宿鳥與繁花地〉完

後記

這一陣子的天氣眞的是熱熱熱啊……相信大家都和我有同感對不對？都覺得自己像是要融化在大太陽底下了啊……

前幾天在常去的小吃店吃麵，結果聽見老闆他們在聊天，說起當初28度就稱得上是熱了，結果現在居然都飆升到36度了。

想想，這眞是一個可怕的升級（囧

嗯，爲免不要讓大家在看後記的時候，還要感受到一股炎熱撲上，我們換個話題。

《侏羅記世界》終於上映了啊，諸君！雖然當大家讀到這裡時，也已經下片就是了。

雖然很可惜沒有衝到３Ｄ版的，不過看一般數位也是很過癮，恐龍眞的好棒好棒，尤其是迅猛龍！

當初在《侏羅紀公園》系列裡，迅猛龍都是讓人不由得背後一涼的存在，想想那個迅猛龍草原……沒想到在《侏羅紀世界》中，牠們超級萌的。

強烈推薦一定要去看一下，其中有隻叫作小藍的迅猛龍，牠的萌度簡直破表！

閒聊完了，照慣例讓我們再轉回這次的神使13吧。

嘿嘿嘿～～～我終於湊齊了四種顏色的蘿莉啦XD

這回新登場的是紅蘿莉，她的衣服看起來有沒有像是新娘子？感謝夜風大完成我的私心，一直希望有個像是小新娘般的可愛蘿莉出現呢。

雖然〈宿鳥與繁花地〉看起來像是個單獨事件，但是看到最後面就會發現，其實這個事件原來和主線也是牽扯在一起的。

而讓一刻他們大感棘手的符廊香再度登場了，甚至還搧動宿鳥綁走符芍音。

這名看似天真、實際狠毒的鬼偶少女，真的是要幫忙宿鳥嗎？又或者是她別有動機與目地呢？

這些……當然就是下集揭曉了！

最後又是關鍵字時間。

綠色迷宮、召靈陣法、被撼動的封印……

我們十四集見了XDD

醉琉璃

神使繪卷の小劇場！

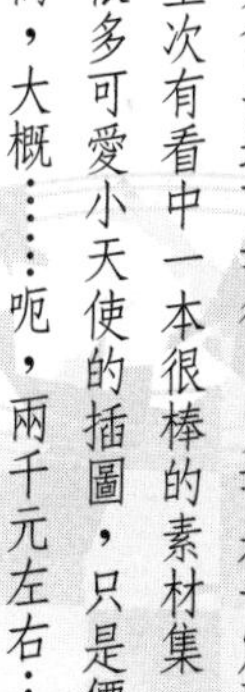

柯維安　師父、師父，我和小白還有小可、小語約好要去玩個三天兩夜，所以～親愛的師父大人，零用錢！

張亞紫　先說說你打算買什麼再考慮。只有三樣。

柯維安　首先會去地下書街，買書是一定要的。我上次有看中一本很棒的素材集，裡面有很多可愛小天使的插圖，只是價格有點高，大概……呃，兩千元左右……

張亞紫　准。

柯維安　還有最新出的夢夢露小說！「夢夢露幼兒戰記」，這光聽名字就一定要買回家的啊！雖然也貴了一點……

張亞紫　這個也准，最後一個呢？

柯維安　最後一個最便宜！師父，我想換一雙帆布鞋，大概兩百元就可以解決了！

張亞紫　嗯……這個再考慮考慮。

柯維安　咦咦咦？等一下，師父！明明是它最便宜，為毛反倒是妳要考慮了？

張亞紫　那還用說嗎？因為它又不是書！

神使繪卷
The Story of GOD's Agents

【下集預告】

危機迫近、時間倒數。
異變的繁花地化爲一座巨大迷宮，
將所有人吞吃進去⋯⋯
一場不公平的捉迷藏遊戲就此開始。

而當一刻他們被迫四散的同時，
遠在繁星市的神使公會也將展開行動！

卷十四．守鑰與四封

秋季，艷麗推出！

國家圖書館出版品預行編目資料

神使繪卷. 卷十三 / 醉琉璃 著.
——初版. ——台北市：魔豆文化出版：蓋亞文化發行，2015.08
冊； 公分.（Fresh；FS089）
ISBN 978-986-5987-69-5
857.7 104005984

13

作者 / 醉琉璃
插畫 / 夜風　　封面設計 / 克里斯
出版社 / 魔豆文化有限公司
地址◎ 台北市103赤峰街41巷7號1樓
電話◎（02）25585438　傳眞◎（02）25585439
部落格◎ gaeabooks.pixnet.net/blog
臉書◎ www.facebook.com/Gaeabooks
電子信箱◎ gaea@gaeabooks.com.tw
投稿信箱◎ editor@gaeabooks.com.tw
郵撥帳號◎ 19769541　戶名：蓋亞文化有限公司
發行 / 蓋亞文化有限公司
法律顧問 / 義正國際法律事務所
總經銷 / 聯合發行股份有限公司
地址◎ 新北市新店區寶橋路二三五巷六弄六號二樓
電話◎（02）29178022　傳眞◎（02）29156275
港澳地區 / 一代匯集
地址◎ 九龍旺角塘尾道64號龍駒企業大廈10樓B&D室
電話◎（852）2783-8102　傳眞◎（852）2396-0050
初版一刷 / 2015年8月
定價 / 新台幣 220 元
Printed in Taiwan

ISBN / 978-986-5987-69-5

魔豆

魔豆